一种文体和一个作家群体的崛起

——《中国小小说名家档案》序

最近几年，由于工作的关系，我开始接触并关注小小说文体和小小说作家作品。在我的印象中，小小说是一种非常古老的文体，它的源起可以追溯到《山海经》《世说新语》《搜神记》等古代典籍。可我又觉得，小小说更是一种年轻的文体，它从上世纪80年代发轫，历经90年代的探索、新世纪的发展，再到近几年的渐趋成熟，这个过程正好与我国改革开放的30年同步。我觉得这是一个非常有意义和非常有意思的文化现象，而且这种现象昭示着小说繁荣的又一个独特景观正在向我们走来。

首先，小小说是一种顺应历史潮流、符合读者需要、很有大众亲和力的文体。它篇幅短小，制式灵活，内容上贴近现实、贴近生活、贴近群众，有着非常鲜明的时代气息，所以为广大读者喜闻乐见。因此，历经20年已枝繁叶茂的小小说，也被国内外文学评论家当做"话题"和"现象"列为研究课题。

其次，小小说有着自己不可替代的艺术魅力。小小说最大的特点是"小"，因此有人称之为"螺丝壳里做道场"，也有人称之为"戴着镣铐的舞蹈"，这些说法都集中体现了小小说的艺术特点，在于以滴水见太阳，以平常映照博大，以最小的篇幅容纳最大的思想，给阅读者认识社会、认识自然、认识他人、认识自我提供另一种可能。

还有非常重要的一点，小小说文体之所以能够迅速崛起，离不开文坛有识之士的推波助澜，离不开广大报刊的倡导规范，离不开编辑家的悉心栽培和评论家的批评关注，也离不开成千上万作家们的辛勤耕耘和至少两代读者的喜爱与支持。正因为有方方面面的共同努力形成"合力"，小小说才得以在夹缝中求生存、在逆境中谋发展。

特别是 2005 年以来，小小说领域举办了很多有影响力的活动，出版了不少"两个效益"俱佳的图书，也推出了一批有代表性的作家和标志性的作品。今年 3 月初，中国作家协会出台了最新修订的《鲁迅文学奖评奖条例》，正式明确小小说文体将以文集的形式纳入第五届鲁迅文学奖短篇小说奖的评奖。而且更有一件值得我们为小小说兴旺发展前景期待的事：在迅速崛起的新媒体业态中，小小说已开始在"手机阅读"的洪潮中担当着极为重要的"源头活水"，这一点的未来景况也许我们谁也无法想象出来。总之，小小说的前景充满了光耀。

在这样的历史背景下，《中国小小说名家档案》的出版就显得别有意义。这套书阵容强大，内容丰富，风格多样，由 100 个当代小小说作家一人一册的单行本组成，不愧为一个以"打造文体、推崇作家、推出精品"为宗旨的小小说系统工程。我相信它的出版对于激励小小说作家的创作，推动小小说创作的进步；对于促进小小说文体的推广和传播，引导小小说作家、作品走向市场；对于丰富广大文学读者特别是青少年读者的人文精神世界，提升文学素养，提高写作能力；对于进一步繁荣社会主义文化市场，弘扬社会主义先进文化有着不可估量的积极作用。

中国小小说名家档案

ZHONGGUO XIAOXIAOSHUO MINGJIA DANGAN

遇见红灯向右拐

陈　毓◎著

吉林出版集团股份有限公司

总 策 划：尚振山

策划编辑：东　方

责任编辑：张晓华　韩　笑

封面设计：三棵树

版式设计：麒麟书香

图书在版编目（CIP）数据

遇见红灯向右拐/陈毓著 . —长春：吉林出版集团
股份有限公司，2010.4

（中国小小说名家档案）

ISBN 978 – 7 – 5463 – 2863 – 8

Ⅰ.①遇… Ⅱ.①陈… Ⅲ.①小小说 – 作品集 –
中国 – 当代 Ⅳ.①I247.8

中国版本图书馆 CIP 数据核字（2010）第 069693 号

书　　名：遇见红灯向右拐

著　　者：陈　毓

开　　本：710 mm×1092 mm　1/16

印　　张：14

版　　次：2010 年 5 月第 1 版

印　　次：2017 年 6 月第 2 次印刷

出　　版：吉林出版集团股份有限公司

发　　行：北京吉版图书有限责任公司

地　　址：北京市西城区椿树园 15–18 号底商 A222

　　　　　邮编：100052

电　　话：总编办：010–63109269

　　　　　发行部：010–63104979

印　　刷：北京一鑫印务有限责任公司

书　　号：ISBN 978 – 7 – 5463 – 2863 – 8

定　　价：28.00 元

最后，希望通过广大作家、编辑家、评论家和出版家的不断努力，中国文坛能出更多的小小说名家、大家，出更多的小小说经典作品，出更多受市场欢迎的小小说作品集。让我们一起期待一种文体和一个作家群体的崛起！

中国作家协会党组成员、书记处书记

中国作家协会副主席

中国作家出版集团管委会主任

目　录

■ 寻找天香的人

■ 穿越城市

▇ 听 来 的 故 事

■ 作品评论

■ 创作心得

■ 创作年表

牧 歌

　　水牛弓背在稻田里的剪影像半个太极图，水花四溅，牛往前一蹿，扶犁女人的衣角猛一甩动。青山。夕阳西下。汉江的清波一扬，弯转到山那边了。梨花在那一片灿烂如雪。李济一瞬间对这个陕南小镇生出柔情。

　　李济大学毕业，考上岚城的大学生村官。面对岚城的青山绿水，李济伸胳膊踢腿，莫名地兴奋。

　　来之前，李济在当当网上邮购了好几位三农问题专家的书，以备驻村时用。

　　第一夜，躺在窄的木板床上，听檐下的雀儿仿佛在对他说话："不吃你家的糜子，不吃你家的谷子，就借你家房檐，抱一窝儿子……"李济哑然而乐。

　　村支部书记年纪可以当他的爸，工作中对他的照应倒像是爷，有点宠着罩着他的意思。

　　半年后，来时带的两双"李宁"鞋犹新，但李济跟着老支书几乎吃遍了岚城百姓的家常饭，能听懂这里的百姓言，也糊涂着断过了几宗百姓案。带来的书堆在床头，长夜入睡前的无聊里翻几页，觉得无法和他每天遇见的现实参照，仿佛博导的教案印在了中学课本中，专家的书是大手中的一捆麻，李济的现实是要用手指分理那团麻可能忽然扭结的小疙瘩。书上的道理深远，书中的设想倘使能实现一二，那像岚城这样的村庄就能美成马致远的诗：绿水边，青山侧，二顷良田一区宅。紫蟹肥，黄菊开，归去来。真到那景象了，他李济一定要娶个本地姑娘当老婆，闲身跳出红尘外了。

　　疙瘩也许是东家的猪拱了西家的菜，西家的母鸡把蛋下到东家的鸡窝。类似问题一旦演变成两家主妇站在门前吵骂，就不能单单看成是猪或鸡的问题了。是人的问题。

人的问题得赶紧解决。东家的女人叫月桂，西家的女人叫月季，李济听她们自我介绍时忍不住乐。第一次月桂说月季的猪祸害了她家地里的五棵大白菜，刚刚包心的鲜嫩的白菜啊，月桂差点说月季的猪就是个老流氓。月季说月桂家的鸡跟主人一样无礼不要脸，把她家案板上的一盘冷面糟蹋了不说，还把一泡鸡屎留在那里示威。月季月桂的对骂发展到第三次的时候升级到双方都成了个偷汉子的丑婆娘。眼见两个女人脸红耳涨，即将大打出手。李济猜想在岚城，大概偷汉子的丑婆娘是对一个女人言语上最大的攻击和侮辱了。双方还击对方的招式似乎谁的声越高，谁就有胜出的可能，谁就能说明自己不是偷汉子的。

月桂月季的家比邻着村委会，对骂总是在傍晚暮霭笼罩村庄上空的时候，李济假装听不见都假装不过去。高大的李济第一次去劝架，差点儿让两个女人拉扯到自己怀里揉搓，心里又惊又怕，再往后，干脆自己躲着，不听为好。

这一回，老支书在俩人的对骂中仿佛刚巧赶上似的走过来。站在那里一言不发地看着两个女人骂，在双方换气歇息的时候，老支书说，你俩骂累了吧。骂累了跟我来。俩女人跟在老支书身后到了李济办公兼睡觉的屋子。老支书顺手关紧门，神秘得不得了，一边跟李济说，有酒拿来！酒是有的，当地产的汉水大曲。一瓶酒分在三只大碗里，老支书看着月桂月季说，我也偷人了。

您老笑死个人，您咋会偷人？月桂月季齐声说。

偷了！老支书有点惭愧有点羞赧地说。

没有！月桂说。

咋能呢！月季说。

见月桂月季安静着不知该说什么的时候，老支书说，吓着了吧！我没偷，我哪有那个力气！嘿嘿一乐。简直就是李济眼里的老嬉皮。

我没偷人，我把酒喝了。老支书说。一举碗，一仰脖子，酒下肚了。看着俩女人说，没偷人的就把酒喝了，偷了的不准喝！

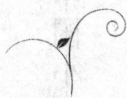

月季月桂愣了一会儿，都抢着去举面前的酒碗。学老支书的样子，喝了。

老支书说，我看没有人偷人！都回吧。

就都回了。老支书是背着手走的，两个女人是抄着手走的，大概因为酒的缘故，三个人都走得扭搭扭搭的。李济真是看得目瞪口呆的。嘴里嗬嗬了半天，仔细回味去了。

长空一队鸟儿掠过："咕噜咕噜，咕噜咕噜，种瓜要得瓜，点豆要见豆……"

名 角

陆小艺她爹一生最大的遗憾是演了一辈子戏，跑了一辈子龙套。

陆小艺她妈结婚二十年也没生下一男半女。四十岁那年突然花开一树，生下了陆小艺。果实落地那天，那女人却如熬干了油的灯，熄了。陆小艺她爹中年得女，且以老伴的性命为代价，自然宝贝小艺得厉害。

小艺长得美。小艺她爹夸小艺：你看我家小艺，那肤色、那眉眼，天生一个美人像！真是天上没有，地下无双。左邻右舍初听那话，本是要骂的，又想这小艺自小没妈，她爹夸她两句，算是补偿她一份儿母爱，也便跟她爹欷歔一番。

许是从小看爹演戏，小艺竟无师自通。一次剧团演出，演小旦的王小玉崴了脚，急得导演跳脚。小艺在后台看她爹化装，见了，小声问导演：您看我行吗？导演瞪着眼睛瞅小艺。小艺见导演充满疑惑的眼神，就比比画画在后台唱了起来，导演没想到会有这样好的替补演员，高兴地抱起小艺直转圈。小艺自此加入了演艺圈。

小艺她爹死时，小艺已演过十部很有影响的戏了。小艺她爹临死感慨地说，小艺啊，你一年顶得上爹一生了！说完这话，闭目含笑死去。

小艺哭她爹。小艺的哭声里透着艺术气，圈内人评说小艺情感炽烈逼真，但不知怎么，总让人想起小艺在台上演戏的情景。

小艺十八岁那年演的一部戏荣获国家大奖。被一著名导演识中，那导演就带着小艺离开了小城。不久，在令人眼花缭乱的报纸、电视上，小城人获知小艺又演了一部什么戏，又获了一个什么奖。

小艺二十岁生日那天，在导演为她举办的生日酒会上结识了导演的儿子。导演的儿子刚从法国归来，一眼看见小艺，就说他是铁片遇见了磁铁，就跟导演说他要娶小艺。导演爱小艺，更爱儿子，就成全了这一对玉人。

婚后的小艺越发美丽出众。她的美丽有一种慑人的力量。初时，小艺的千娇百媚，富于戏剧化的言行逗得新婚燕尔中的丈夫开怀，对小艺越发生出一种化解不开的爱，常常是含在嘴里怕化了，拿在手上怕跌了。

日子久了，小艺戏剧性的泛滥在丈夫那里只能换来宽厚温情的一瞥，然后是目不转睛地盯到他的报纸上去。小艺便有些不悦。一次小艺又百般纠缠丈夫，导演的儿子就在小艺耳边轻笑一声：小艺，我现在觉得你跟我在床上都像是在演戏呢！小艺便灰了脸。以后排完戏回家，就慵倦地卧在沙发上，样子极像是她家的那只狮子狗。丈夫逗她，她也不理。丈夫倒极体贴，以为她拍戏累了，问她冷暖温饱，而小艺终是慵倦，终日难见笑影。

可是只要一入戏，小艺就像换了个人似的全都活泛过来。仿佛是上足了力的木偶人，急切渴望释放出全部的力。

《霸王别姬》剧组挑小艺去演虞姬。小艺的演技在这部戏里达到了登峰造极的地步。她把那个虞姬演得千般柔情，万般刚烈。连导演都被她感动得涕泪滂沱。特别是项羽被困垓下，虞姬舞剑自刎那一场戏，那每一个眼神，每一句唱白都让人为英雄美人垂泪，直至虞姬在剑光中揉碎芙蓉红满地。

小艺竟从这部戏里醒不来了。她说中国只有项羽一个男人。她说这话时眼睛里放射出一种让人心碎的光芒。她把项羽的扮演者当成了项羽的化身。

《霸王别姬》封镜。"项羽"在一部警匪片里演一个警察。按剧情需要，警察需从十层高楼跳下。当然这一切都是特技，那警察也只是一个穿着衣服的木头人。当木头警察从高楼上坠下的一瞬间，摄影师从镜头里看见一个白色人影，仿佛是一只敛着双翅的鸟儿，也跟着一起坠下去了。它落在了木头警察旁边，在摄影师的镜头里定格成一只静美的蝴蝶。它的白色羽衣洇在了一片绯红之中。

　　只有导演的儿子不哭。他说，小艺是上帝精心制作的一件艺术品，俗世里的生活她不快乐，于是上帝就将她收回去了。而人生，又怎能时时刻刻都在戏里啊！

内心古典的朋友

穆一一是《人民画报》的摄影记者，那年春天厦门的一次会上，我们相识。

到会的人很多，知名的不知名的作家去了半百。会议安排也很扎实，大会发言、参观市容市政建设、看海。

留心到穆一一始于他的名字，好奇。中间行走在一起的时候，我悄问他，是否有一个哥？他笑答有个姐姐。我再唤他的时候，就悄了声唤：穆二。他就笑了，是那种毫无遮拦的、石上清泉般明净的笑，觉得一下子拉近了彼此的距离。

后来研讨会发言，他讲小说在"我想要开始的地方开始，在想要结束的地方结束"。他说他不能谈艺，无艺可谈，每一部作品都是自己或他人的存在方式，小说不是"做"出来的，而是作者本人的经历与气质浑然天成的契合，是"有意无艺"。

这话从年轻的他的嘴里说出，叫我心惊。后来知道他是北京大学中文系的高才生，毕业后没回山东老家，而是留在北京做了摄影记者。

笔会倒也有趣，除了一天讨论，会务组的两辆大客车每天都拉着我们去不同的地方，每到一个地方，大家都忙着照相照相，一群又一群人组合来组合去地合影留念，合影留念。我自知自己无名，也非美女，谁也不会想到跟我合影有多大意义，就干脆在那些热闹之外选一个没人的角落静静看海。海是美的，对于我这个久居内陆的人来说更是心中长久的诱惑。一望无际的海面上鸥鸟翔集，有远航的巨船开过，海风阵阵，满怀都是海的气息，我仰脸闭目，让自己沉浸在一份清凉悠然之中。

第二天再见穆一一，他递给我一张照片，竟然是我和他的合影，画面上，我身穿白衣背对镜头眺望大海，他着一件黑色圆领 T 恤，双手拢在胸前侧脸凝视，海风揉乱他额前的短发，一黑一白的一男一女，金子般的黄色沙滩，碧蓝的大海，浪花翻卷着从远处滚滚而来，一艘远航的大船从画面右上角斜斜地开过去……

这是一张在我完全不知觉中拍摄而成的照片，却自然美好，叫我无比欢喜。爱不释手，翻来翻去地看，见背面一行小字："嗨，看这个女人呐！"我一下子笑出声，说，这张照片归我了！

他说："那就送给你吧！"

以后的行程，两人开始结伴走在人群中，他话少，只是偶尔在登车上船攀高爬低时向我伸一下手，偶尔冲我笑笑，低头望路，抬头望远。这使我心安。

在鼓浪屿，我俩站在一片海礁上，浪与浪的间歇间，他会突然问一句："你结婚了吗？"

我笑说："女儿都有了。"

他笑问："你有多大呀？"并不等我回答，语气低低地再问："你女儿几岁了？"

我回答说快三岁了。我想我在犯着任何一个母亲都常犯的毛病，但他好像很耐心，侧耳听，低头思。抬头冲我笑，说："你女儿一定长得很美！"我老实回答："她的眼睛美得像梦。"

终于要散了，我们一大群人在厦门机场握别。我先走，他在安检门口握住我的手不松，我们对视着。我故作轻松地说："临别时，我想看你双手拢在胸前的样子，你拢双手的样子真好看！"我想他一拢手就松开了。他认真地看我，嘴角俏皮地一翘，笑了。双手一摊旋即插进了衣服口袋，忽然掏出一个小盒子，往我手心一扣说："你说你女儿的眼睛像梦。"然后果断地转身，走开。

我在飞机上打开那个丝绒盒子，里面是一块小小的手表，蓝盈盈的表蒙被一圈金色镶边儿拥着，整个儿表链是一汪汪金黄中小小的蓝，是那几天海的整个儿基调。三根指针指示着我看表的那一刻。

书上说，送表给女人的男人大多内心古典。

我的心思停顿在这句话里，觉得心情像一幅宋词的写意画。

平时很少佩带饰物，即使一块小小的手表。我的书桌上有一个浪木做成的笔筒，一个凸出的枝节上恰巧让我用来悬挂了那块表，我每天写字的间歇，抬眼就能看见它。我写字，在它近于无的细碎的脚步声中。

今天，那块表不走了，想是电池耗尽了，我打电话给穆一一，跟他说，表不走了。他回答说他知道哪里有那种电池卖。他说："你别担心，我马上就寄过去。"

是分别两年来的第一次通话，而他的语气仿佛早上我们才刚分手，中间并不曾有过两年的时光。

那一刻，我知道了这世上我有一个不用想起，不会忘记的朋友。

采诗官

我向往那些村庄，就像蜜蜂渴望春天的到来一样。

当浩荡的南风让宫门上的珠帘发出一阵阵悦耳的玎玲时，又到我出宫的时候了。身为采诗官，一年一度的出行是我心中的节日。

此刻，在宫墙外，在漫溢着草木香气的广袤原野上，花儿已经开放，勤快的蜜蜂先我而去。动物们从漫漫长冬里醒来，在原野上纵情恋爱。青蛙的叫声有点笨拙，公雉求爱的声音神秘、缥缈，它们时而现在低缓的坡梁上，时而隐在薄雾轻扬的沙洲边，时而又骤然响起在我仓促的脚步声里。像是故意跟我玩捉迷藏的游戏。整个春天，我匆忙的脚步不期撞进他们的爱情之地，目睹了一场场盛大的爱情剧。

遇见那个叫姜的女子时，我刚刚告别那个中年樵夫，他把芬芳的檀木晾在河边上，坐在那里歇息，嘴里唱着一首抒情的歌。他的歌声凄凉优美，打动了我的心：

> 叮叮咚咚把檀树砍，
>
> 砍下以后放河岸，
>
> 河水轻轻起波澜。
>
> 栽秧割稻你不管，
>
> 凭什么千捆万捆往家搬？

我刚脱掉我的麻鞋，打算蹚过一条游动着小鱼的小溪。一块小石子砸在了我的屁股上。不等我回头，就听见了嘻嘻的笑声。那个发上插着白色木槿花的姑娘就这样站在了我跟前。她绿衣黄裳，像一朵美丽的木棉花。

看见我不是她要等的人，她噘着嘴巴感叹说：

> 山上有扶桑，水里有荷花。
> 没有找着美男，却遇上你这个傻瓜。

我当然不是傻瓜，我是周王派出的采诗官。我告诉了她，她就那样用手指绞着发梢，瞅着我嘻嘻地笑。

我坐下歇息，陪着她等她的心上人，掏出我的白色葛布把她刚才念的诗句写上去。她看着我写完，又让我念一遍给她听，见我没有篡改她的意思，就指着半坡上的一棵樟树，叫我黄昏时在那树下等她。说她晚上要带我去村里参加"斗鸡节"。

"如果你愿意写字，今晚你的白色葛布不够用！"她说话总是合辙合韵，像是唱歌一般。

告别姜，我穿行在掩映到胸际，被溪流分开的芳草甸子里，听见草地深处有隐约的男子的歌声：

> 东门外的山野，栗树掩着宁静的家舍。
> 那屋子虽就在眼前，那人儿却似很远很远。

忧伤的曲调叩击着我的心。我驻脚在一丛荇菜边，掏出了我的白色葛布。

记录好这首诗已过中午，我找了块开阔地坐下来，吃我的午饭。我的午饭是两块荇菜饼。手上荇菜饼的香气和脚边那一丛荇菜的碧绿叫我联想到去年我在北边采诗时听到的那首歌，如今我已经会唱了：

> 关关雎鸠，在河之洲。
> 窈窕淑女，君子好逑。
> 参差荇菜，左右流之，
> 窈窕淑女，寤寐求之。

　　我对着芳草甸子唱。在我的歌声中，那个没在深草丛中的男子停止了歌唱。我猜他此刻在倾耳而听，就唱得格外动情。我不知道时间是否医好了去年我遇见的那个忧郁男子的心疼病。村庄牵绊住他们的心，我把他们的歌带走。

　　傍晚时分，在晚霞的剪影里我找到了早上和我相约的姜。她果然在等我。

　　"斗鸡节"是一个基本由年轻人参加的狂欢节。狂欢节的序曲是由一群腿上绑着细麻绳的野雉的打斗开场的。这些野雉早上才落入猎人的罗网，这会儿野性十足，凶猛异常。斗鸡节有庆祝吉祥的味道。

　　斗鸡节也是给男女恋爱提供场所。男女对歌，舞蹈，唱诗，十分热闹。我此时才明白为什么姜早上会对我说，她担心我的白色葛布不够用。

　　　　落叶啊落叶，秋风将你吹落。
　　　　阿哥呀阿弟，你唱我来和——

舞鸡过后，男女对歌开始了。

　　　　啊呀好健壮哦，身材好高大哦。
　　　　面额高且广哦，眼睛闪神光哦。
　　　　步伐好矫健哦，射技可真棒哦——

这是女子赞美他心爱的男子的。

　　　　她的手指像柔嫩的白茅，
　　　　皮肤像光润的脂膏。
　　　　脖子像木虫儿白嫩细长，
　　　　牙齿像葫芦籽雪白成行。
　　　　轻巧的微笑露出酒窝，
　　　　美丽的眼睛像闪光的秋波——

这是男子赞美他心爱的女子的。

从春到夏，我脚步不停的行走在民间的阡陌上，如同蜜蜂飞行在花丛中一样。在某一处打谷场上，一眼泉边，总有新的感动走到我的眼睛里，停泊在我的心里。看得出来，村民们是喜欢我的，我每到达一个村庄往往会给村子带来一个新的节日，他们会备了酒，用过节时留下的半只风干的羊腿欢迎我。我甚至和许多个村庄的女子有了类似于爱情的感情，我对她们恋恋不舍，一如她们对我的缱绻温柔。可惜离别是永远的。

当第一片红叶出现在山头时，我将告别村子踏上返回王宫的大道。这一天，在村口，我又遇见了我第一天来时遇见的那个姜，她出嫁了，她要嫁到东门外的人家。

我站在大路上，望着那渐行渐远的姑娘，放声高歌：

　　　走出那东门，姑娘像彩云。
　　　虽然像彩云，不能乱我神——

一年一度的采诗结束了，我将回到王城，在一炬豆火下层层打开我心爱的白色葛布，整理那些散发着泥土和草叶气息的诗和歌，把它们一一铭刻在竹简上，刻下春天原野上花开的声音，夏天苇草里活泼的流萤，以及秋天果实坠地时的声响……

那些美好的气味和声音将伴我度过漫漫长冬，让我由此忽略那些穿堂而过的寂寞的冷风。

汉 广

　　浩荡的汉江载着一江粼粼的波光，在熊渠的注视里向着东南方逶迤而去。那里春花烂漫，稷麦青青，那里有他的锦绣国度，那里是他的来处。江无桥，无堤，江水摇摆着，飘摇不定却又坚定无比。蒌蒿满地芦芽短，记忆里熟悉的景象和气息使他怦然心动又意绪怅然。

　　筚路蓝缕，以启山林。奋斗到今天，他已是众诸侯仰首的一个，一个霸业初成者。但是，总有什么，在他明净开阔的额上，留下梦痕般的往日追忆，引他再次归来，寻寻觅觅。谁说胸有霸业者总是果敢向前，了断无牵系，如这滔滔汉水，向前，向前，一去不回？

　　生在以强凌弱，只有靠征战生存与获取的年代，他，熊渠，也是否只能跟他的时代同步，狠，猛，紧盯目标，勇往直前。但是，他为何总是在任何一件事情上都留下自己的、秉持自己的主张，祈愿打上自己完美与高贵的痕迹？

　　"你的佩刀上有凤，也只有你的刀上有凤。你是谁？"

　　"为何来此，为何被人追杀？"此刻，这个神秘出现如天遣的女子追问他。

　　"我是谁？你也看到了，一个被追杀者。"熊渠沉吟片刻，朗然回答。"来此只是路过，至于被追杀的原因，那也正是我想要知道正在探寻的。"

　　"凤者，生丹穴，非梧不栖，非竹实不食，非醴泉不饮，身备五色，鸣中五音，有道则见，飞则群鸟随之。"面前这个妙丽的女子真让熊渠惊奇，身临百步之外的追杀，她却能镇定捉摸他佩剑上的纹饰。"身随如此佩剑的人，岂是等闲之人？"她调皮地诘问他。

　　她的语气分明不是因为他隐藏了什么而心生质疑，却像是要启发他思

索的意思。她似乎真的给了他启发，她那暗藏着玄机和神秘力量的声音在那一刻，仿佛正如一把奇妙的钥匙开启了他心中一道神秘的大门，使他心中轰轰有声，光亮骤至。在这一刻，仿佛他多年的辗转和流徙有了方向，对命运的诘问有了隐约的答案。

倘若答案容易获得，他的命途又会是怎样一番景象？在他的少年记忆里，他似乎就在路上，在路上生长，在奔走中寻觅，并积蓄力量。但是从来没有像现在这一刻，他深切感受到隐匿的敌人的焦虑与凶蛮，但也没有任何一刻能像现在，在前有大河拦道后有追杀逼近的当下，在这个神秘如命运的女子面前，他那么清明自信过：当你看见敌人的凶恶的时候，说明敌人意识到了你的强大。他在那一刻顿悟，"你不是一般人，你是肩负使命者。"此刻，他从嶙峋石罅里芦蒿生长的姿势看出什么叫不肯屈服，什么叫所向无敌。

"那么。美好的仙女一样的姑娘，现在请你告诉我，你是谁？你从哪里来？为什么在我生死攸关需要帮助的时候，你会忽然出现？"

"我从山林来，还归山林去。我从江上来，还从江上去。"她唱歌一般地回答他。她的语气使他确信，他不可能再从她那美好吉祥如花朵般的嘴唇里得到更多一些答案了。

他眺望烟岚初散的山林，那里生长着高大的乔木，他回望眼前的汉江，江水浩荡，使她的那叶小舟如一枚树叶一样飘摇。

"敢上来么？我可只是为渡你而来。"她回眸笑望他，他再次被她那无以言表，难以捕捉的美妙打动内心。她的美，有无法抗拒的引力。他跨上轻舟，相信哪怕是真的踩在一枚树叶上，他也会昂然向前。

船向另一片深袤的芦苇驶去。

这之后，命运似乎真的拐上了正途，他回到了楚郡，他的身份也豁然明朗，他是新一代的楚君，他下大力气改革的步骤也顺利得以实施。立足江汉、争霸中原的发展战略，使楚国迅速确立了强国地位，近交远攻、先礼后兵的军事方针又使楚国"甚得江汉间民和"，"蛮夷皆率服"。楚国宇内出现一片太平和谐景象。

但是，总有一个声音轻唤他，在他的繁华夜梦里，引他警然四顾。他终于意识到那纠缠他于每一个辉煌时分的心结到底是什么了。他要归去，他要回到和她相遇的地方。他要去找她。尽管归来所见，仍是心中那一片永恒的江水，江水荡荡有声，是鉴明着他的心迹么？岸边高大的树冠如云的乔木，为何就不能给树下的他片刻的凉阴？江水滔滔来去，却带不来一叶轻舟顺流而来……

楚王熊渠从深沉的怀想里回过神，轻言做歌，歌曰："南有乔木，不可休思；汉有游女，不可求思。汉之广矣，不可泳思；江之永矣，不可方思。"

王的跟从立即把王的歌誊写在随身携带的葛布上。

"我从山林来，还归山林去。我从江上来，还从江上去"。他仿佛又听到她那天籁一般的声音。

"若我能做一个以山林为家的樵夫，那又如何？"熊渠在自己的设想里无声地笑了。

他毕竟不能选择做一个樵夫。他没有放浪自己的自由。但他可以想象，他也唯有想象。

"翘翘错薪，言刈其楚；之子于归，言秣其驹。"想象如清凉剂使他的心灵安详妥帖。即便在此刻，只有这一条波涛清碧的汉江横亘在现实里，从天上来，向天边去。

流　年

十八岁的戴淑芝老师就那么芬芳、那么好看地走在我们前面。有她在的地方，就连吹过耳边的风也能使我们心里清明。她往讲台上一站，全班十二个女生的愿望空前一致，那就是赶紧长大，统统长成她那样子。心知长不成，就有心灰的女生挑剔她的来处，说她的家乡水土不好，那里的水碱性大，人多黄牙，但她在讲坛上讲话，牙比我们所有人的牙都要白。

她也说方言，但她的方言带洋味儿，有力量，铿铿锵锵，有一说一。不像我们讲话，咿咿呀呀，生气时候像鸟吵架，表达喜悦时，也是鸟雀的叽喳。

她当然不是本地人，她来自"山外"。"山外"是一个概念，代表富裕、文明以及宽阔。"山外"是我们的远方，那里的天比我们的天宽，水比我们的水长，那里有"沃野千里"，有"骊山晚照"，有"灞柳飞雪"。这些，我们都没有。

但我们不久就不自卑了，因为她虽然从宽阔处来，但却是为了逃避，也就是说，我们的逼窄却是她的宽广，她看上去文明，却做不文明的事情，因为她把一个可以当她父亲的男人当自己的男人了。我们努力想明白她这样做的理由，但是不明白，因此心里怨愤她。

但是她那么美，那么香，她往黑板前一站，她的精彩即刻让我们原谅了她。

有老师的引力在，上学就是件愉快的事。而且这愉快还在扩大，比如课余跟戴老师在后山采蘑菇，拾地衣，在学校后面的空地上栽葱。开始是栽很粗很高的葱，戴老师说，这种葱在她老家那边，能高过人头，可是在我们这里，一长出地皮就老了苗，尽是"筋"，没有本地葱的葱青与葱白，难看不说，味道也差很远。戴老师说葱不服水土，还讲了个"南橘北枳"的典故。戴老师只能接受我们本地葱，一两场春雨后，我们种下的葱就能上饭桌了。我记忆里第一道与葱有关的菜就是"小葱拌豆腐"，并且一见如故地喜欢上这道菜。那些随戴老师栽葱的劳作每次想起都生动如昨。戴老师是这样种葱的：先种两行，过半月，再种两行。葱们前赴后继，我们的饭桌上永远都有一道清清白白的小葱拌豆腐了。

这道菜是我们通常可以跟她共享的美味。

被我老家的小葱拌豆腐和乌洋芋滋养着的戴老师，看上去比她刚来的时候似乎还要美了，白与红比例匀称地现在她脸上，人也似乎胖了。我们评论戴老师的变化时，总喜欢引用我们的母亲爱说的话，"一方水土养一方人"。但她的胖似乎有些收不住，"呼呼呼的"感觉，她的眼睛依然大而清澈，她的脸像弦月般玲珑紧致，但她的腰却像要炸开的棉桃，随时都会"噼啪"一声，炸出一朵大大的花来似的。我们看着突然的变化心里糊涂，但大人肯定是明白的，因为她们再说戴老师的时候，语气不像往常那样漫溢着好感和谢忱。

不久的一个早上，我们的学校走来一个像电影银幕上下来的男人，那个戴礼帽戴眼镜穿风衣的男人跟在戴老师身后，穿过我们的教室，直接走到教室后面戴老师的屋子里去。房门在那男人身后，在我们的注视中，悄然关上。这使我们每个人的心里都泛起一种模糊的难过。

传说中的男人出场了，在这个开满南瓜花和牵牛花的清凉早上。那是一个瘦高的、半老的、的确可以当戴老师父亲的男人。

那个男人在当日下午离开。

现在我们知道戴老师的胖是因为她要当妈妈了。我们三两个离学校近的女生听从母亲的建议，晚上放学不再回家，而是跟着戴老师睡，母亲们叮嘱，要是戴老师半夜喊肚子疼了，我们就要赶紧飞奔去敲接生婆吴妈的门。

我至今记得半夜被拍醒的情景，暗淡灯影下，我看见戴老师蓬松着头发，穿着宽大衣衫，托着肚子在屋子里笨拙地走，我们纵横恣意的睡姿占去了整张小床，哪里还有位置留给她呢。

终于放假了，那个我们见过的男人再次来，戴老师跟着他走了。我们惆怅地以为，她这一走将不再来。但是开学后第一节语文课上我们却看见她。她身体突然回落的窈窕和清秀使我们有点惊讶，又心生欢喜。我们每天都以为她随时会走，再不回来，但她却好像真的是要长久地留下来，即便暑假，她也在空寂的学校里呆着。

转眼秋天来到，我们小学的最后一年了。戴老师对我们的严厉像空气里的凉一样，天天增多，她的认真近乎执拗，我们钻进河堤的柳林捕雀，她就喊，喊不回就骂，骂回来了，她先是冷落我们，然后劝慰，有时会落泪，她一落泪我们就惊惶，为了她不再哭，我们下决心放弃柳林捕雀的愉快。

那个男人再也没来过，直到我们小学毕业那年，都没有再见过他。据说多年之后，戴老师的那个孩子倒是来过我们村子一回，听说那孩子已长成一个高挑的少年，瘦，白，腼腆，跟她妈妈不疏远也难见亲近。这些，都是我回家时偶然得到的消息。

而在这个少年出现前很多年，美丽的戴老师嫁给了我们村的技术员。

村子里最丰茂的那块玉米地是属于技术员的，他的工作似乎就是把一个个纸袋套在玉米穗子上，说是确保玉米种子的纯正，他在村路上遇见我们的时候，神情严肃，脸色难看，在擦肩而过时会猛然回头，警告我们说，那块大田谁也不许进去，进去的后果会很严重。他说"严重"的时候会拳一下拳头，以表达严重的程度。我因此极不喜欢技术员，我连他时常进去的那块玉米地也不喜欢了。在我的两个不喜欢后边，我很悲伤地想，那么好、那么美的戴老师，怎肯把自己好端端的一朵鲜花，插在这样一堆黑牛粪上呢？

我在那一刻成了个悲观的人。

玉米试验田

喜欢必有喜欢的理由，讨厌也是吧。

我偶尔想，我对我童年亲爱如同偶像的戴淑芝老师的疏远，有多少是因为成长的缘故，又有多少，是因为她把自己嫁给了那个我不喜欢的技术员的缘故呢？

技术员不是农民，虽然村子里最丰美的那块玉米地是属于他的。通往那块大田的四个路口，各插着一块白底黑字的木牌，上书：果子沟玉米试验田。

村里所有的人都唤他技术员，仿佛技术员就是他的名字。那我们干脆就唤他技术员吧。

起初我们见技术员把一个个纸袋套在一个个玉米穗子上，动作比姑娘绣花认真，比母亲守护孩子小心。我们万分神秘、万分崇拜地仰着脸看他做那些，问他一些幼稚的问题。我之所以坚信我们的问题幼稚，是因为他在回答我们问话的时候，总是爱理不理，答非所问，或者滔滔不绝做离题万里的报告。就算他在跟我们说话，也不看我们中的任何一个，而是眼光依旧盯在那些玉米株棵上。

能看他套袋子也不是常有的事，他会烦，会呵斥每一个离他近的人，似乎有万般的担心。我后来看电影，看见电影里那个总是怀疑周围每一个人，看谁都像特务的人，我就想，技术员像是那个患多疑症的人。随时担心有人会去试验田掰折玉米棒子的假想严重伤害了他，他看见我们就惊慌，不见我们也惊慌。不断被警告被恐吓后的某一天，我还是在傍晚回家的路上，被他截住了。他说：田里少了两个玉米棒子，是不是你掰了烤着吃了？

我当然没有！但他哪里肯信。

有人看见是你了，你还不承认？

我没有。我真的没有。

这场威逼最后以我的放声大哭宣告结束。

但我回家却没有敢把我受的委屈说出来。我相信这是和天一般大的事情，掰折试验田的两株玉米是多大的罪行？这个罪行眼下和我有关。没有人能够为我澄清，我将从此背负贼名偷偷活着。定我罪的人是技术员，他还说，有人看见是我干的。

我变得阴郁，小心，偷眼看每个人。偶尔做梦，会遇见那个掰折玉米的面容模糊的贼，我在梦里大喊抓贼，醒来觉知是梦，眼前一片漆黑，心里是无限的空虚和惆怅。

我总是绕过那块玉米试验田走，但却还是会跟技术员不期而遇。远远看见技术员来，我会设法快速躲开，在没法躲掉的狭路相逢，就觉得身心俱僵，万分孤独，犹如被施了定身法，仄着身子，低了头，把眼睛别向他处，尽力屏住呼吸，心里数秒盼他走开、走远。只有等他消失，空气才能重返我身边，我才能自在呼吸，才能慢慢挪得动步。

后来得知我深爱着的戴淑芝老师嫁给了技术员，我发了半天的呆，心里叹息，她真是"命苦"，要么嫁给不爱的老男人，要么嫁给"世上唯一的坏人"。唉。

上大学后从此远离老家，偶尔休假回去看外婆，遇见戴老师来串门，亲昵地攀住我的肩，责怪我总不去看她，她的亲昵让我挺着的脊背硬在那里，我嘴上答应，心里却始终只能在客气里生出一片绝望的生疏来，心里难过自责，却终是没法自救，只能听任这片荒凉扩大。

一次，和几个同为母亲的女友喝茶，不知怎的说起了各自的少年往事，第一次，唯一一次，把童年受技术员"迫害"的这段经历说出来，叫"黛"的女友愤然擦掌：你怎的不告诉我，告诉了，看我不扑上去扇那家伙耳光！

话落我们都醒悟般地大笑起来。

木匠的秋千

在我们那个傍山抱河的村子里，木匠阿梓活得像他屋后山上的风光一样景致无限。山叫桦树岭，长桦树、橡子树，还长槲树和槐树。春天，我们去那里撸槐花，一嘟噜一嘟噜的槐花悬在我们脸边，用它们的香气拍打我们的脸。夏天我们采木耳和蘑菇，采到木匠门前，遇上他在，总要摘树上的果子给我们，李深红，杏金黄，我们享受着木匠的赠予，赞美木匠是属木的。没有果子的季节，木匠就折花送我们，刺梅花儿。我们手捧鲜花回家，把花转赠母亲。母亲把花插在装满清水的玻璃瓶里，笑眯眯地夸赞木匠人好，手艺同样好，说木匠做的家具能用一百年。

木匠是手艺人，一个村庄都需要他的手艺。木匠出这户，入那户，打造出一个村子人家的家具。常常木匠走到哪里，身后总是跟着一群小孩，看他平复裂纹、修理疤痕、显露树的年轮。榆木、樟木、花梨木堆在他身前身后，刨花在他的手上开了。又开了。他一天天活在木色木香里。木匠是个惜材的人，大材大用，小材也会被他用到恰切处，木匠是木的伯乐。

木匠是活得最幸福、最了不起的人。我总这么想，我暗自愿望着木匠能把他的幸福和另一个人共享，比如木匠会在某一天早上醒来，在屋后林中鸟雀的婉转啼鸣中得到启示，愉快地到门前采了芬芳的刺梅花儿，用宽大的梧桐树叶包了，走到村小学，去敲我们美丽的、单身的戴淑芝戴老师的房门，去向她求婚。即便木匠不模仿电影里男主角的动作和台词，也会相当迷人，也能取得胜利，赢得戴淑芝戴老师那颗孤独高傲，同时又是柔软脆弱的芳心。

我天天这样幻想着。让那个少小没了爹娘，又远离故土，像童话一样美丽伤感的戴老师，从此回到她公主的现实中。而木匠，也许正是另一则

童话里被魔咒了的王子呢。现在，当他们遇见，魔法消失，爱苏醒。我相信这可能会随时发生的，你看木匠，他在出工或傍晚回家的路上，倘使遇见了戴老师，总会远远站住，侧身相让，微笑着目迎戴老师走近，低低地问候一声：戴老师早！即便两人相遇是在傍晚，他也准这么说：戴老师早！然后，要等到戴老师走过他身边，走远，不见，他才会重新挪步到路中间，接着走他的路。他会悄悄微笑，笑容里的安详和满足让看见那笑容的每一个人都会心生感动。

肯定你也看得出来，木匠和我们一样，是深深喜欢着戴老师的，但是，他怎么总不向她求婚呢？

偶尔我心里会闪出一个画面，美丽的戴老师高坐在木匠为她搭建的秋千上，秋千悠然晃动，使她衣袂飘飘，秋千的旁边，木匠家那株高大如树的刺梅正盛放着千朵万朵美丽芬芳的花，用一树香气为眼前的幸福生活唱着赞美的合唱。

后来的某一天，这个长存在我幻想里的画面在现实中复活，我真的看见一架现实中的秋千架在木匠门前，但是，秋千上贞静地悬垂着双腿的，不是戴淑芝老师，是木匠和另一个女人所生的粉嘟嘟的小女儿。

鲍江月

御道口是木兰围场边上的一个镇子。说是镇子，其实只有十几家小店铺，从镇东头走到镇西头，用刚刚吃饱了饭散步的速度是八分钟，再慢慢走回来，还是八分钟。

鲍江月是镇东头"草原人家"旅馆女老板的女儿，旅行社订了她家的房子，我们的车刚停稳，就见一妇人跑出来，跑进车子扬起的尘土里，等看见车上跳下熟悉的导游，就朝屋子里喊：赶快开门，客人到了。

声音落处，就见一女孩儿跑出来，在门口探一下头，又往回跑，回头就听见一串钥匙响，很快响到楼上去，乒乒乓乓，一溜门都打开了。女孩子再次出现在楼下，踮着脚给放满一桌的白瓷杯里倒水。每个杯子里都放一朵花，水一冲花就开在杯子中间，活生生地鲜艳着。她告诉我说花是金莲花，清热去火的，适合夏天喝。

有看见楼房后面蒙古包的客人说想住到蒙古包里，有不耐烦楼上卫生间等候的，小女孩都很殷勤地帮着换房间、带路找屋后的厕所，跑进跑出，活泼如小鹿一般。

在她忙碌的间歇，我抓了她的胳膊，问她是不是九岁了，她表情很吃惊，睁大两只细眼看我，回答说上一学期是六年级。我就摸一下她脑后冲天的羊角辫，说，那你叫什么名字？鲍江月。说完就用右手食指在左手心上画，给我三个字的具体写法。草原上风硬，人的皮肤黑，鲍江月就有着草原硬风吹拂出的有釉光的黑皮肤，低额，宽脸，俩眼距离很开，像是蒙古族血统。问她是不是蒙古族，她说父亲是蒙古族，母亲是汉族，她从前跟母亲的汉族，过了这个暑假就跟父亲，是蒙古族。

再问为什么？她说是父亲的意思，因为过了这个暑假她要到城里念书，那里没有草原。一个在草原时是汉族，等离开草原却要在民族那一栏里填写蒙古族的人家。我想他们有他们的逻辑，就没有再问"为什么"了。

除了一楼辟出的餐厅和厨房，鲍江月家有二十间客房，还有楼后的七个蒙古包，我看见蒙古包空着时就想换到蒙古包里住，鲍江月说潮，不好住，不让去，她拽一拽我的手臂，悄语我说，二楼还有一间屋子，带阳台的，靠近她的房间，在拐角，能看见草原，早上要是醒得早，站在阳台上就能看见日出。让我悄悄去跟她的母亲要。

吃过晚饭星星就出来了，鲍江月家的小饭馆里有电视机，但好像没有人呆在房间里看电视。下午来的路上姓马的导游问晚上有没有愿意吃烤羊的，如果愿意的超过了十个人，她就可以联系烤一只全羊，这样平均到每个人就比单烤一只羊腿实惠，还可以燃篝火，放烟花，篝火的劈柴和烟花是免费的。

寂静的草原夜，响起的不是马头琴伴奏下如水的长调，是炮仗的声音。如果你看见烟花在星星边升起，那就是有一个团在烤全羊了。

烟花升起在鲍江月家的前院。烟花升起在鲍江月家的后院。烟花升起在鲍江月家的侧院……站在鲍江月家的二楼阳台上，一朵，两朵，三朵……你能数清这一夜鲍江月家杀了几只羊。

正是夏深秋浅的旅游旺季，草原上草肥羊美人欢实呢。

鲍江月站在庆祝烤全羊的人圈里，冲天的羊角辫被火光剪影成一只小小的塔，火光爱抚着她上釉的皮肤，在她浑实的手臂和小腿上舞蹈。她站在跳跃的火光中，显得比白天安静。

熬夜不要紧，反正现在是假期，明天可以晚起。

到九月，鲍江月就是中学生了。她要去离家四十公里的廊坊上学。新学年她住在舅母家里，不会寄宿，往后呢？也许她要住在学校的集体宿舍里。

鲍江月说这些话的时候会很专注地看你，细细的眼睛望定你，让你觉得她的神情很像是一只突然跑上道路跟人不期而遇的松鼠的神情。

放假的时候她会回到草原来，看得出她很愿意忙碌，不光是忙碌的时候家里会有很好的收入，草原上的旅游季节性很强，过了这一阵就得等到明年了。她诚心为家里的生意帮忙，她喜欢看见远处的人来。她说夏天好，夏天人多，而冬天，镇子上总是那么些人，走过来走过去，一张张再也熟悉不过的脸，看得日子都显得沉闷漫长了。

现在，在七月中旬的草原夜，鲍江月站在一群穿戴得花样百出，既熟悉又陌生的人群里，等待一只全羊被慢慢烤熟，她依旧穿着正午时分穿着的那条太阳裙，暴露着她浑实的手臂和小腿。太阳裙的底子是白色的，上面开满了金色的金莲花。

月亮湖

我们走在去月亮湖的路上。一望无际的草原上风吹草低，导游开始新一轮的解说，讲解着柯尔沁草原上的四大名花：罂粟、虞美人、金莲花、干枝梅。罂粟、虞美人久闻终于一见。金莲花特殊些，只会在草原深处的沼泽边遇见，因此在哪里看见金莲花就说明附近有沼泽，连牛羊都知道提醒自己不要身陷其中。干枝梅最为奇特，那是草原沙化的符号，哪片草地长出了干枝梅，说明哪片草地破坏严重，草原上的牛啊羊啊的，会躲开那片草，不吃，就保护了草原。干枝梅淡紫的小花小星星似的抱死在枝上，干着，也不凋落，所以很多游人会不辞路远的带花回去。

草原深处我们将去的月亮湖，想想都觉得美。路上的风光已经够好，导游却说，月亮湖才是最美的。她说月亮湖的草，一色的绿，而这边的草多是杂草。她还说环绕着月亮湖的是百花坡，据说"百花坡"是一位来此视察的中央领导命名的。那位领导人站在那片繁花覆盖的坡地时禁不住感叹：百花坡！百花坡！意思是那里的花有一百种之多。但导游说，那感叹其实是少想象力的，何止百花？肯定不止！去了就知道了！导游说啊说啊。就有人问，月亮湖是不是湖形像月亮，导游说，是湖水映过月亮。

她的回答很诗意，大家暂时沉默，在沉默里放飞想象。

车却在一个拐弯处坏了。坏得"莫名其妙"，因为导游说，车是新车，路是好路，第一次出门，怎么说坏就坏了呢？

那辆没有跟人打招呼说坏就坏的车并没有叫游人不高兴。因为在我们眼里，车坏的地方实在就是很好的风景地。大家一轰就下了车，导游喊"不要走太远"时人早已三三两两羊似的散漫到了草原上。

风从草尖生起，向四处吹，蓝的天空低低的，野花如草般繁茂。遥远的深处有一棵树，离人太远，远成一个黑点。不久黑点的旁边又出现了一个黑点，不停地变大，就听见一种声音，由远及近，由隐约到清晰，像擂鼓。没在深草里的双脚就能感觉到大地的震颤，很有弹性的震颤……骑手和他的马就这样在众目的注视里出现了。没在草里的人一起冲骑手呼喊，喊出的却是：马！马！那骑手却是连看也不看喊他的人一眼，向着我们要去的月亮湖的方向，纵马而去……

马蹄声去远……又折回来了？等响到跟前，才清楚去的跟来的不是同一个人、同一匹马。去的是逸马而去，马上的骑手已经中年，来的马颠步而来，背上驮着一个少年。少年的大半个身子掩在花的后面，这让少年看上去像是坐在一匹身上开满了花的马上。

到我们跟前，少年飘下马来。少年卸下那些花儿。少年把花摆在路边。

呵，一个英俊的卖花少年呀！散漫在草丛里的人一并赶将过来：这个是什么花？那个叫什么名？有问必答，不管你买还是不买，是个好脾气的英俊少年。问答之间，少年的眼睛却不看游人，看在那些花上，像是欣赏，又不像。间或他会把目光投放到远处，那里，风从草尖生，向四野吹。这时你觉得少年的目光像一汪湖泊，是我们要去的月亮湖吧？有点忧郁、含着心事，映着云影，跟打量他的目光决不交叉。让看他的人禁不住猜想，他的心事是什么呢？

是更多地卖掉他的花么？卖更高一些的价格么？他要凭此攒足下学期的学费么？但看他并不在乎人家跟他还价，五元一束。三元也可以买一束。

少年的花很快被游人买走。金莲花、铁线莲、干枝梅离开少年和他的马，开放在花花绿绿的女人们的怀里，开在小女孩的头顶、颈子上。她们都在笑，笑容很像怀抱着的花儿，她们和花儿合影，背景是深广的草原。少年和他的马偶尔被定格在照片的一角。

眼前空空的少年目光还是不向游人看，那英俊的年轻的脸像是藏在云朵后的月亮，让看他的人不由得想去打探什么，却总是被挡在某一层看不见的屏障外边。

少年上了他的马。好像还是飘上去的。马像来时一样，带着他的主人，颠着步子走，只是方向相反，去的是我们来的方向。

暮色从少年消失的地方升起，忘情在草地深处的人们忽然想起自己要去的方向——月亮湖！我们要去的月亮湖在哪里呢？

这个深夜，在又一只全羊等待被烤熟的人圈里，和女孩鲍江月手拉手站着的，就是那个草原上卖花的英俊少年。

现在我们知道了，他是鲍江月的哥哥，他的名字叫鲍江天。

寻找天香的人

收集天香。这念头，是老郝在一次来的猛烈、去的莫名的头疼之后有的。

那次头疼仿佛一个启示，一个竖在老郝漫漫人生路上的醒目路标。这之前，老郝经营着"老郝羊肉泡馍庄"。取"庄"，而非"馆"，老郝的道理是要取"庄"之庄重、郑重。老郝觉得心里的道理没法跟人说，倒不是担心别人心生歧异笑话他，要是老郝那么在意别人的说法老郝也不是老郝了。很简单，老郝最见不得眼下人们心里普遍存在的不郑重。

好吧，郑重的老郝郑重地经营着他的"老郝羊肉泡馍庄"。"老郝羊肉泡馍庄"的生意从开张第一天直到更换主人的那天都是门庭若市的。

那么好的生意却要改弦更张，用句流行的话说，这是为什么呢？

好端端的老郝、从不头疼的老郝那天突然青天霹雳般地头疼起来。身材比老郝娇小二倍的丁一笑挣出吃奶的劲试图搬动老郝胖大的身子送他去医院，疼得咬牙切齿的老郝感到他痛得像一块铁板的神经却猛然松动了，因疼痛扭结的眉松开了，老郝停下挣扎，问丁一笑：我猛然闻见一股荷香气，我头不疼了。老郝摇了摇脑袋，脖子果然是柔软的轻盈的，真的不疼了，丁一笑。

老郝捧着丁一笑的脸，在她的脖颈肩窝嗅了又嗅，他闻出了兰蔻香水在丁一笑耳边挥发出的暖暖的香味，雅诗兰黛精华液在她眉目间传递出的琥珀的味道，但是，那缕分明的、却又是幽隐的，类似于荷的香气，老郝却是没能找到源处。老郝以前自学过几天中医，对中医的药草有些认知，于是就去查香味与疼痛的关系，虽然结果暧昧不明，但是，一个异常大胆的，又是十分美好的假设在老郝心中茁壮生长。他要经营天香，把香气卖

给那些像自己一样需要香气拯治的人。在充满假设和玄想的那些日子，老郝甚至希望那次猛烈的头疼再次降临，为此，他早已在门前的草坪上种好了两大缸荷花恭候。但是，这之后老郝胸闷过、胃疼过、鼻炎发作过，但头，却没有再疼过一次。即便是前面所说的这些疼痛发生，老郝固执地选择去寻找能够医治疼痛的香，不奇怪，他都一一找到了。胸闷的时候他忽然莫名想念自己上幼儿园的时候幼儿园里那棵苍郁的老柏树，凭着记忆找到幼儿园所在的位置，但是，现在那里纪念碑似的耸立着一家五星级酒店，柏树的魂都没有了。胸闷催逼着他的脚，也引领着他，他在植物园门口停下脚步，他看见那里正有一棵柏树，像一个久违的老朋友那样在等候他。老郝差不多是扑过去的，他站在树下贪婪地呼吸。奇迹般的，他的胸像有一扇看不见的窗向外界打开了。

这之后，老郝身体别的部位出过这样那样的、各个不同的痛。胃疼的时候他想要闻五味子汁的气味，打嗝的时候他想念在火锅里烫过的薄荷叶的味道，有次左眼皮狂跳不止，他也没有"要发财"的欢喜，却那么深不可测地怀念中学时代在半坡的一次春游中，自己举着一朵蓬勃的蒲公英让胖丫咕嘟着嘴唇吹的情景。奇怪的，他想到蒲公英淡如秋露的味道的时候他的眼皮不跳了。

嗨，奇迹被我遇上了。老郝想。

"老郝羊肉泡馍庄"为老郝带来的滚滚钱财现在变成了一条又一条或宽或窄，或远或近的道路，条条道路通往广阔的原野，终端在某一棵树下，或是某一株藤萝边。有时候是波涛连天的浩渺大海，有时是一条铺满青苔的小溪。现在老郝知道大海的气息能使他目明、阔叶的灌木林畅快的香气利尿，而针叶的灌木林的香却使他有饥饿感。除了自己闻那些他能够抵达的香源外，老郝收集那些香，把不同的香气装进各式各样的大大小小的瓶子，再把一个个瓶子插入架子，把架子镶进专门的箱子，箱子放在车上。车是好车。老郝驾车上路，他听见瓶子里的香气们或打瞌睡、或轻声交谈，偶尔争辩，都是美好。老郝就那么宽慰，那么舒服地笑了。

老郝收集天香的脚步终止在一面桦树林边。一面向南的山坡。老郝到达那里的时候正是下午三点钟，太阳那么温暖地照耀着桦树林，仲秋已过，桦叶深红深黄，衬着梦幻一般的白色树干，美得让老郝伤心。老郝把车停在一个僻静的角落，蹚过眼前大片没膝的茅草。他闻到了他认为至高的、他唯一想要的终极的香气。他幸福到不想赞叹，满意到不能形容。他走到那片桦树林边缘，在桦树和草甸的交界处，他躺下。开始他听见松子落进草皮的声息，一只松鼠跑过去的声音。没有一丝风，世界真安静真温暖啊，多么像一只舒服的摇篮啊。老郝最后尽情地向外部世界伸展他的身体。老郝的全部意识最后完全沉陷进他不想赞叹也不能形容的境界里去了。他装在口袋里的车钥匙，像得到密令似的，探出口袋，纵身一跃，完全是一副向主人学习的样子。

世界归于安静。依然无风。

爱情鱼

庄子在下雨起雾的日子也要去河里捕鱼。寒冷的冬日也不例外。

庄子总能或多或少地带些鱼回来。

庄子的鱼很少自家吃，不是慷慨地送左邻右舍，就是用盐浸了，用绳子穿了，挂到楼顶上去。庄子的妻子说，她压根就烦那股味道。

我搬来剧团的第二天，有人敲门。门没锁，就被撞开了一道缝儿，我看见了一兜鱼，再就看见了一张瘦的、表情温厚的脸。那脸说，庄子，给你送几条鱼来。

在不知多少次吃过庄子送来的鱼之后，也就认识了庄子的妻子梅子。梅子长得美。我感谢庄子的鱼，赞美梅子的美。我说庄子福气，娶了这样美的梅子。庄子笑声嘿嘿，脸上却无表情。我想，那要么是被赞美声宠坏了的极端的自信，要么就是一种与已无关的冷漠。

剧团冷清得门可罗雀。我这个编剧就整天看书，写小说。舞美庄子仍是一日复一日地扛了渔具去河里捕鱼。

庄子在妻子的抱怨声里把鱼串到楼顶上去。那些晾干了的鱼随风摇摆，像经幡，像旗帜，又像是远逝的图腾。惹得附近的猫夜夜在楼顶上打架，把剧团冷清的夜吵闹得格外热闹。

一日，我去资料室找一份材料，在蒙尘的纸堆里我发现了一叠剧照，其中一张就是梅子，穿着古装，在舞台上。比台下的梅子瘦削一些，妩媚一些。我拍着灰手把照片装进了口袋。

那天吃饭时，我问导演老徐，梅子演过戏？徐导说没有。我让他看照片。徐导说，那是妙儿。我问妙儿是谁。妙儿就是妙儿。徐导给嘴里填一块馒头，再喝一口汤，咽下去，不理我。我也不说话，只盯着他的嘴看。

徐导给我看得不自在了，终于说：庄子以前的女朋友，剧团的台柱儿……
从徐导那里我知道了妙儿是杭城人。妙儿嗜鱼。庄子爱妙儿。庄子每天给
妙儿捕鱼熬汤喝。贫瘠的北方小城总算有这样一条丰饶的河做庄子爱的牧
场。妙儿快乐的汤碗里涡着庄子的幸福。人家笑庄子是妙儿的影子。庄子
说，妙儿是他的太阳。

妙儿在一次文艺调演后鸟儿似的飞走了。妙儿是一只丽鸟。良禽择木
而栖。妙儿飞向更高的枝头。

没了太阳，庄子的天空是阴沉的。沉默中，庄子买了昂贵的渔具。捕
鱼，成了庄子每天的课目……

多年后剧团去了乡下演出，庄子在如鸦的人群中发现了一张脸。那张
脸如暗夜里的灯盏，照亮了庄子心中的黑暗。庄子带着那姑娘进城，团里
人一片嘘唏，都说整个儿一个妙儿。

我后来再见梅子，就觉得她那张脸美得有些缥缈，仿佛是某一张脸的
叠影。我知道这是我的心理在作怪。

倒是庄子，仍是平静地去河里捕鱼。或慷慨送人，或是把鱼用盐浸
了，用绳子穿了，晾到楼顶上去。

那些鱼惹得附近的猫夜夜在楼顶上打架，把剧团冷清的夜吵闹得格外
热闹。

我在这样一个被猫们煽动得充满了鱼腥味儿的夜里，忽忆起曾经看过
的一首诗：

你走了以后
我把美丽的爱情鱼
养活在生命里
……

在路上

这件事每次想起，心情都是复杂的。

这个早上我上班迟到了。我们单位的考勤，迟到三分钟和三个小时，结果是一样的。这样想的时候我打算放慢匆匆的脚步。我不急着去单位了。我打算散步走过朱雀路。想想看，在唐代，这条路就叫朱雀路了，在今天所见的唐代地图上，它是长安城最宽阔的大街，那时这条大街上走过李白杨玉环，玄奘从西域取回来的经书挑担摆满了一条大街。

我下车，看着出租车走远。人一从容，安静自然就会回到心里。我能听见从我头顶那些遮蔽天空的国槐枝杈间，一粒粒细碎淡黄的花朵落下来的声音。道路两边的石榴树花开似火，间或有一星半点的落花掉在我的头发里、肩背上。这情景多么抒情啊。

我慢慢走，欣赏着自己落下的脚步声。这时，一个骑脚踏车的年轻人从我侧面来，绕过我，骑到我前面去了。也许就因为他这一兜绕，一个东西脱离他的身体掉落在地。当我辨清他掉在地上的是一捆百元大钞的时候，这个年轻人已经骑着他的半旧的脚踏车前面去了。他显然没有发现自己的重大失误。就在我想要开口喊他却还没能喊出来的时候，另一个骑脚踏车的年轻人从后面来，显然他也看见了我的所见，而且他的反应明显快于我，他就那么不迟疑地、从容地捡起了那捆钞票，把本该是另一小伙的袋中物装进了他的口袋了。

"你给他吧！"我说。

"嗯。""我们是一起的。"

不像。我心里想。

"你想一个人一大早就丢了钱，心情该多不好啊。"我又说。

拣钱的那个半笑不笑的，好像在犹豫。

我为什么不大点声喊前面骑车的小伙子呢？就喊："你的东西掉了!"哪怕只一声，料想他也是听得到的。我在心里埋怨自己。

"你还是还给他吧!"我再次说。声音似乎比前一次大了点，但是于事无补，前面那个小伙还是无知无觉地骑着他的车走了。

那一瞬间我心里有了点怨恨："你活该，只能怪你自己迟笨，怪不得别人了。"我看着那个小伙子悠然的背影觉得有点悲哀，而后面那个小伙子，并没有像他自己说的那样，赶上去，并驾行。而是慢慢地掉转车头，慢慢地，朝着相反的方向去了……我有点替那失财的难过，但是我无能为力。即便我看见他也在不远的前方调转车头，往捡他东西的小伙的同一方向去时，我也确定他的失去已成定局。我忍住不回头看，相信他和我一样无力扭转局面了。

但我对自己没能大喊出声，显然不能释怀，受着拷问。这天中午吃饭的时候我跟朋友说了早上的路遇，我问他，如果这件事是你遇见了，你会怎么样？

"还能怎么样？冲上去把那厮从车上扯下来，掴两耳光，再请他自己把钱还给人家。"这哥们是一猛汉，我想我所见的那两个小伙子就算统一了阵线和他打架，也未必打得过他，料想他也是能说到做到的。这哥们趁机演说他这多年的勇敢，讲他路见不平出手相救的种种勇猛行为，说得我的心里越发万般的不是滋味。为着自己没能挺身而出，在心里激烈地检讨自己：要是放在特殊年代，没准敌人一拷打，我就当叛徒了。

这件事给我心里的阴影显然还在，今天在编辑部，我一年轻同事讲她前晚在地铁站候车遇见两个合伙诈骗的人，她说："哈，真可笑，还想蒙骗我？我就淡淡朝他们笑，然后回答说，'就你这点把戏，还敢出来混？'弄得那两人只好收摊灰灰地溜走。"我见她说的玄，就给她讲了那次的路遇，她说："嗨呀，你怎么这么天真啊?"

"你说你怎么能这么天真呢？"她看着我，认真地说，"他们是一伙的，只当你是个贪财的，等你靠上去，狠敲你一笔呢。你倒好，拷问自己的勇气和良心这么久！真是闻所未闻的善良与天真，我中学没毕业就看穿他们

的勾当了!"

　　我真惊讶。但却并没因此释然，却生了气愤。没来由的，说不清气谁愤谁。

　　我依旧要在这条路上过。偶尔我想，要不要哪天再步行走这条路，像前一次那样？会不会再有相似的遇见呢？假如真还有一捆钞票在我眼前掉地，我还会像以前那样？或者学习我的那个哥们？或者像我年轻的同事那样，冷笑着给予揭穿？

　　我唯一能确定的，就是当那个场景重现，这三种设想一一上演，在我依然都是尴尬难堪的。

老家的表弟

电话里的那个人嚷嚷了有两分钟，我才听明白说话人是我老家的表弟升满。他说在火车站，刚下车，从山西煤矿上来。问我在哪里，他来找我，有要紧事。

多年不见升满了，当年一起玩耍的少年已是三个孩子的爹，大的是儿子，两个小的是双胞胎女儿。听他说这几年在山西跟人合伙偷偷地开小煤窑，但"总比在老家守着那几亩薄地强"。他说话的语气甚至有点自负，顺便给我发烟，是芙蓉王。发给我一支后再装回去，又从另一口袋掏出一包金丝猴给自己，说他分不出烟好烟坏，抽啥都一样，只要能冒烟就好。但是我发现，当我给他发中华的时候，他分明是在意的、小心的。递烟接烟间，他那密布着黑煤渍的难以洗干净的手，给我留下了深刻印象。

表弟这次来，说是表侄犯事了。表侄刚过十八岁，书不入脑，学业不进，中学没毕业就辍学了。表弟就让表侄学开车，说有门手艺才能吃上体面饭。三个月前来西安给人开出租，前几天有老家的一伙青年偷电缆，表侄帮着去拉了几次，结果一伙人全部被抓。

表弟说："你是记者，你能说上话，你去说说情，看能把你表侄给放了。他不是主犯，他是帮人的，年龄还小呢。你说那伙娃都是乡里乡亲的，他们也是一时糊涂。"表弟急切而焦灼地盯着我，等着我表态，仿佛我一点头，表侄立即就会被释放，就成没事人。

除了在心里生表侄的气，我还真不知该怎么办。我辗转托熟人打电话到那个郊县派处所，询问了具体案情，得知人已经送看守所了。表弟说无论如何也要帮他，让他见一下表侄，他要"扇那混账东西两个耳光"。由于看守所规定不能见人，表弟没能见成表侄，也终没能扇成那两个耳光。

虽然破坏电力设施是犯罪，但表弟不能容忍表侄被判刑。他说那样表侄的前程就毁了，谁会容忍一个进过监狱的人呢，恐怕娶媳妇都难了。无论咋样也要把你表侄救出来。

在西安呆了几天，表弟见事情没有大进展，大概对我深深失望，就背着我又找了另一个在省城工作的老乡，最后的结果是，交罚金五万，表侄被释放。

这是我预料到的，也是我难以去促成的结果。我不知道为什么，我觉得五万元对表弟来说一定不是一个轻松拿得出的数目，我想他一年"担惊受怕"的全部收入，不知道够不够这个数字。我甚至心里想，万一表弟拿不出这笔罚款，表侄被判个一年半载的，让那小子受点教训，也知道心疼他爹的不易。但是，表弟他不这样想。他忍疼拿出了那笔钱，换回儿子的自由身。

我得知这消息的时候给表弟打电话，我想请他们吃顿饭，多少减轻一点我心里的歉疚。但电话里却说，他们已经在去山西的火车上了。表侄也被表弟带往山西煤窑，不再给人开出租了。我想象一下他们未来的生活，心里一时有点茫然。

街心公园的雕塑

　　街心公园落成的时候，中间的一大片空地空着。后来树和花草都移栽进去了，鸽子也放养进去了，那块地方还空着。再后来就来了个雕塑家。雕塑家要在那块空地上塑一座雕像。

　　不久雕像落成。雕像是位穿白色长裙的少女，少女长发披肩，眼睫低垂，侧脸向右，仿佛在跟停栖在肩上的那只鸽子低声交谈。朝霞停在她的左脸上，晚霞栖在她的右脸上，轻风徐来，少女的白裙就作翩然欲飞状。

　　自然，雕塑给许多游人带来了无尽的遐想，他们在雕像前跟少女与鸽子合影，并且就此珍存下他们对于这个城市的美好回忆。

　　一对年轻人来到了这座雕像前，他们就要结婚了。他们到这里是想要拍下他们的结婚照。他们相依着站在雕像前，摄影师为他们记录下珍贵的一瞬。

　　这对年轻人现在坐在他们新居卧室的地板上，他们的面前堆放着那些照片，摄影师周全地考虑到了每个角度，新娘子在每张照片上巧笑嫣然。突然新郎惊呼一声，新郎说，你看后面那个雕像多像你呀！新娘说，我也觉得有些像呢！她想她又不认得任何一位雕塑家，谁会把她雕成石头呢？总之他们的心给幸福填满了，没有空隙留给猜测与遐想。

　　即将做新娘的女孩在一家大商场门后侧的食品专柜上班，她的面前永远堆放着胖胖的果冻、做成各种形状的蛋糕和包装十分精巧的饼干。女孩整天站在这些东西后面，这让她的身上永远都散发着一种松松软软的甜香味，仿佛她就是它们的一部分。

　　一天，一个貌似腾格尔的青年男子匆匆走进这家商场，在他漫不经心朝门后一瞥的瞬间，他的脚步被钉住了，他被站在那儿的女孩周身笼罩的

那种气质深深地打动了，他忘记了自己进这家商场的初衷只是想买一把剃须刀的。他仿佛是被人牵住了绳子的皮影，他一步步向那女孩走去，他脑子里一片空白，而飘逝的灵感却如星星之火在他的心中慢慢聚拢。

他每天都去商场门后的那方柜台，他照例唯唯诺诺地讲不出一句畅顺话，女孩的美让他意识不清，而一旦离开她，思绪却如飓风般飞扬。女孩适时地向他兜售她的食品，为此他的屋里堆满了他永远都不会打开的各种饼干和胖胖的果冻。仿佛那是他能从她那里得到的唯一真实而具体的东西。

一幅作品的草样在雕塑家的脑海中浮出水面：少女与鸽子。他要让她站在玉石的底座上。

一晃过去了几年。

少女做了新娘。新娘变成了少妇。某一天，少妇引领着两岁的小女孩到街心公园游玩。小女孩一经放手就跑到一群孩子中间去了。少妇突然空了双手，一时间不知道该做什么。她就近找了张椅子坐下来，她第一次认真地打量那座雕塑。从前的疑问又回到了心中。她想，这个雕像真的是自己吗？可是是谁把她雕在这里的呢？那个雕塑家又是谁呢？他肯定是喜欢自己吧！他干嘛只想把她雕在玉石的底座上呢？

你干嘛不向我求爱呢？没准你一开口我就答应了呢！少妇有些哀怨地想。

少妇看着在一群孩子中间嬉戏的自己的两岁小女孩儿，再看一眼那座雕像，心里有一半甜蜜，一半忧伤。

而此刻，在这个城市的一座十八层高楼上，雕塑家，那个雕塑家，正坐在一架轮椅上望着窗外一无所有的灰色天空发呆呢。他大部分时间都坐在窗前，在漫长而寂寥的时日独自枯坐，没有人知道他想什么。那个曾深深地打动过他，又被他塑成雕像的女孩是否会被他偶尔想起？

真的没人知道。

超市里的贼

每个星期三的下午，女孩都会准时出现在那家名叫"逗号"的超市门口。

码满了琳琅满目货物的架子像一堵堵温暖的墙。女孩推一辆小货车随意地向幽深处走去。超市里的光线很好，每一件包装精致的物品都显现着比它们自身更完美的色泽，让拿起它们的手假使不是因为囊中羞涩是不忍心再将它们放回原处的。而这种窘迫在女孩看来似乎是不存在的。因为从她拿起货物的姿势判断她的生活相当优裕，她选择东西仿佛历来都有她自己心中的认定，动作干练、利落，仿佛她对那些品牌的特征与品性早已烂熟于心。

女孩一路从容地走进去，把她选中的物品准确地放进推车里。然而仿佛是十分地不经意的，女孩的两根手指轻轻一挑，一块心型包装的巧克力就被女孩装进了自己的口袋。

没有人发现这些。除了他。

作为店主，在女孩第一次这样做的时候，他就从总经理室的监控系统里发现了这些。他当时觉得挺好笑的。他捕捉住了她那一瞬间的慌乱，他从监视器里看见她那像小鹿一般的眼神甚至在心中痛了一下。他认定她不是贼，他不明白自己为什么要这样想：是因为她超凡脱俗的装扮？还是她异乎寻常的美貌？他不明白，或许她的存在本身对他来说就是一个谜。

他一次次看着她从他的超市里买走价格不菲的货物，又一次次从他的货架上"拿"走那种心型包装的、价值十五元的巧克力。

这真是一个谜。他摇着头说。可谜底会是怎样呢？他怀着一种隐秘的期待，却又不知如何才能探到她心中的秘密。他从未打算过去惊扰她，假使生活不发生意外的话。

但意外还是发生了。

在女孩再一次将那种巧克力装进自己裙子口袋的时候，他从监控系统看见导购小姐向女孩走过去了。他的心剧烈地跳动着，然后他看见女孩紧闭了自己的眼睛。他快速从经理室走出来。等女孩在寂静中再次睁开眼睛的时候，导购小姐魔幻般地消失了。然后她看见了面前站着的他。

他冲着她微笑。在女孩的理解里，那笑更接近于猫吃掉老鼠前的戏谑。于是女孩冲着他昂了昂头，一副随你怎么发落的倔犟在她的嘴角明明白白地挂着。可他开口所说的话却吓了女孩一跳。他说，不知我能否有幸聆听您心中的故事？

他把一杯裹着水汽的茶轻轻地放在她的手边，那份轻柔拨动了女孩心中那根蒙尘的琴弦。

女孩的声音如同一缕掠过竹梢的风。女孩说我不知道您能不能理解，我甚至自己都不能理解自己。

我现在的男朋友非常有钱，他有能力为我买下几家这样的超市，可这并不能阻止我从您这里拿走那些巧克力。我不知道我是在跟谁赌，也许是跟我自己吧。我相信没有人会留意我，因为我总是选择最昂贵的东西，再说，谁会想象一个有钱人会去偷一块不值一提的巧克力呢？

在我八岁那年，我的弟弟不知得了什么病，高烧烧得像一块火炭，当时弟弟想要吃一块糖，我就只能去代销店了，去偷一颗糖。结果你肯定猜到了。一个耳光扇在我八岁的自尊上。或许那一掌更应该理解为朴素善良的乡人对偷窃这种行为的深切痛恨与不齿吧。但在当时，它成为我生命中遇到的最大的羞辱。后来，代销店的大婶在知道了真相后送过来两颗糖，可是一生正直的爹当众把糖扔到了污水沟里，弟弟最后也没能吃上一颗糖……

我不知道这能否成为我在您这里一次次偷走巧克力的原因，但假使有因果的话，那或许只能是这样了。

说到这里，女孩长嘘一口气，仿佛嘘出了多年的积郁。女孩仰望他，目如寒星，而遥远的泪滴在寒星背后隐约。

　　终于，他起身给那杯渐凉的茶里添进热水，重新放回到她的手边。他说，对不起，我没想到会是这样的，但我们现在能做什么呢？

　　他看见女孩长发一甩，认认真真地打量他。女孩说，我感谢您给了我讲出这个故事的机会。我甚至不能把它讲给我的男朋友听。我真的很感谢您，谢谢您的信任。

　　他送女孩到超市门口，目送她在一地金黄的落叶间走远，那样子像是在送一个朋友，让刚才试图抓她的导购小姐脸上跌下无数的问号。

　　第二天，"逗号"超市的门刚打开，一辆白色奔驰就在门前停了下来，司机下车，搬出一个大纸盒子，说要找经理。

　　那个大纸盒子被摆在了总经理的桌子上。他打开，呈在他眼前的，是那种心型包装的、价格十五元一块的巧克力。

走过来走过去

总编的唾沫星第八次溅到我的脸上。总编说，广告和发行，是刊物的两条腿，哪一条短了都不行。总编说，缺任何一项，年底都别想拿奖金。总编的意思概括起来就这两句，可他反复来反复去的，没完没了的。我努力不使自己的脸别得太过，我不想给他留下完不成任务是因为态度不积极的坏印象。我等待着风把我的脸吹干。我庆幸自己坐在靠后些的位置，我想象着坐在前排的我的同事们湿淋淋的脸，心里有点想笑，但我立即就觉出了自己的无聊。有什么好笑的呢？反倒在我的心中立即升腾起一股洋葱的味道。

我想起第一次去谈广告的经历。那是一家饭店，是同事周光介绍给我的。周光说，人家有合作意向，只是时间问题。于是我就在周光指定的时间里去找那个姓阮的总经理。

我是从饭店侧门进去的。那正是用餐高峰期，我在走进后面楼梯口的时候从一道窄门看见外面大厅里一派热闹，穿着软缎红旗袍的服务小姐美人鱼似地在餐桌间游曳，白礼服打着黑领结的服务生端着托盘腰杆笔挺地走进走出，把各种菜肴准确送达相关桌子，高雅音乐时隐时现。可我一脚踏进灰暗的走廊还是惊了一跳，我差点被一个匆匆跑出的小姐绊倒，我赶紧贴墙而立，为的是不绊倒谁，也不被谁绊倒。等眼睛适应了周围的灰暗，我拉住一位匆匆而过的小姐，我问她总经理室在哪里，小姐回头手指一指，又撩起裙子朝前跑去。

我按小姐所指的方向走进了一个小套间。房子的门口有一些乱，场面类似于通常在大商场洗手间见到的情景，房门开开关关，流水声和小姐的脂粉气香水味混在一起。再向里拐，三袋洋葱的后面泊着一张巨大的桌子，一个白发苍苍的头俯在一堆纸页上。我轻叩门扉，我说您是总经理先生吗？俯着的头抬起来，是一张目光和善面色红润的脸。那脸说，他是这儿的会计师，他告诉我总经理这会儿肯定没来，他说他若来了，他的车会停在这面窗子下。我朝他手指的方向看，除了偶尔被风吹起一缕尘屑外那儿什么也没有。

听说我是报社的记者他先笑了。他说找经理的记者可多了，不过他可以代转我的意思，并随时提供给我他们的信息。他说经理还是听他的话的。我被他孩子气的说话方式逗乐了。看得出来，这是一个热心的爱唠叨的老头。他告诉我半年后他就要退休了，他说那时候他就可以回广州跟他的家人团圆，他说他来分店五年了，五年间他只在春节才能回去。隔着三袋洋葱和厚厚的账单，他说话的声音有些闷。

我在老会计师给我的微茫的期望中原路返回，我在走出饭店侧门的那一刻想起一位作家的一篇文章。作家在文章里说：我去饭店吃饭，我有必要跑进厨房，看厨师是如何将血腥的场面变得诗意如画，温香满室的吗？

确实没有必要。因为那一刻他是上帝。

可我不是上帝，我是来拉广告的记者。

回忆被打断，我的呼机响了。是亲爱的米苘。米苘说，下班后我来接你，我们去"雪花"吃海鲜。我读着米苘的留言，心中的疑问升起来。

米苘在我的城市？她是什么时候来的？她怎么会说出诸如"雪花"般如此准确的店名？

两年前，我和米苘离开我们那座小城的那家电视台。但她并不打算跟我去同一个城市。米苘把她二十四岁前写下的诗稿打进我的行囊，宣布说，不管她的心如何地不肯离去，她的身从此要远离文学了。我在米苘的表情里看到"萧萧易水，壮士不归"的决绝。

两年前那个落雪的冬日早晨将永远定格在我记忆的画屏上。我背着自己能够带走的几件衣服和米苘的诗稿，踏着曼舞的雪花去长途汽车站。我们上了一辆崭新的"依维柯"，尽管早行使许多人哈欠连天，而这哈欠又仿佛能够传染似的让整个车厢显得昏昏欲睡，但我和米苘还是为那辆因为崭新而显得干净的依维柯高兴。

窗外一片洁净，雪使天地失了界限。米芾擦掉沾在玻璃上的水雾，对着窗外银装素裹的世界，轻声吟诵："当一切都是大地的时候，我要出路干什么？"念完了米芾回头，说，骆一禾的诗。

那天我们在火车站分手。我们办了小件寄存，然后去买西安开往广州的火车票，米芾要去海南。

我的心里装满类似忧愁的感伤，一种对于未来的迷惘被火车站那特有的吵闹渲染得无比强烈。我们似乎都想找一些适当的话语来安慰对方，并给自己鼓气，但却不知道该说什么。米芾在唱歌："啊，朋友，再见吧，再见……"那句歌被米芾翻唱了不知多少遍，最后都找不到合适的词了，就把目光栖在对方的脚尖上，发呆或者傻笑。直到那趟车开动，远去的米芾才把脸贴在窗玻璃上，朝着我又挥手又喊叫，可她喊了什么，我一点也没听见。

半年后，我收到米芾的信。那张纸上写着一个手机号码，另外还有一句话：我一定要过上我们想要的日子。我猜想那就是临别时米芾在火车上喊出的话。

那天送走米芾，我直接到我现在的这家报社。两年时光过去了。我每天上班、下班。回到我租来的房子里，每天认识一些人，并被一些人认识，忘掉一些人，再被一些人忘掉。快乐着或者不快乐着。我越来越不清楚我们想要的到底是什么样的日子，我们似乎永远无法抵达我们想去的地方，也永远无法得到我们想要的东西。

而米芾又在干什么呢？她生活得好吗？我在想念中问自己，却又无法让自己的疑问说出口，就像我没有办法回答她，我现在生活得是好是坏一样。连接米芾的就是那一个电话号码，我偶尔在寂静的夜晚穿过小巷，去街上给米芾打电话，我们听见彼此在电话里的笑声。然后我在平静中穿过小巷回来。只有一次，我打电话过去，米芾说她要跟朋友去海边放炮，她说马上就放，让我稍等。果然，我就听到了隐隐约约的放炮声，仿佛给风吹着，有些飘摇。我在那一瞬间，把远在海南的米芾跟两年前小城那个快乐的米芾对接上。

现在米芾来了。

我在下班时间走出电梯口，我看见一辆蓝色出租泊在那里，然后我就看见穿着红黄蓝三色彩条裙的米芾像条美丽的热带鱼似的向我游过来。我们紧紧拥抱，让热泪流进彼此的脊背。等松开手的时候，我的手上就多了一枝火红的天堂鸟，我很奇怪那花是怎么到我手上的。

隔着"雪花"长长的红木桌子，我和米芾彼此小心地打量着。米芾属于那种不管从哪个角度看上去都很美的人，海南的阳光使她那张俏脸上闪出釉光，冲我一笑，又一笑。我说米芾你美丽得像一块黑榛子巧克力。米芾说，倒是你，白白的像条虫子。

米芾点了桂鱼、鲳鱼、雪鱼、鲍鱼，米芾几乎点了菜单上所有的鱼。我看出来了，米芾是成心花钱。不知怎么的，米芾那样子让我心里有一点不舒服。我说米芾你发财了吗？米芾莞尔，但米芾的笑是用美丽的鼻子做出来的，那是米芾嘲笑人的笑，我熟悉那笑。可米芾嘲笑谁呢？米芾说，你是我最好的朋友，谁说我不应该点我认为最好吃的鱼呢？鱼一一地被端了上来，我们隔着一长溜被弄成各种形状的鱼互相打量，像棋盘上一黑一白的两颗棋子。

晚餐后我们去米芾住的城堡酒店。那是家五星级酒店，因为水管里流淌着从太白山中汲过来的温泉水，从而成为这个缺水的城市有钱人爱去的地方。我说米芾其实这儿离我住的地方很近，我们为什么不住在我那里，像从前那样，多好。米芾说，不。

我觉得米芾变了。我们已无法像从前那样无话不说，无所顾忌了。可米芾是我最好的朋友啊！她远道而来，大把花钱，只是为了朋友高兴。

我的烦躁与疑虑接着就被米芾带来的惊喜驱散了。

一走进城堡酒店那扇门，米芾就冲过去把她带来的箱子兜底儿倒出，于是，床上就堆着很大一堆饰件和工艺品，琳琅满目的，像一个没有立起来的小型工艺品商店。米芾说，它们来自不同的城市，每一件都有一个故事，现在它们全部归你。我说米芾你去过很多地方吗？可是米芾我怎么一点儿也不知道呢？

那晚我们一夜没睡。我们坐在那间屋子的小阳台上，喝淡了两壶"绿雪"，直至城市的灯火渐渐隐没，一轮银月悄然退去。我们在喝茶的兴奋里出门。我们去乾陵。

一个半小时后我们到乾陵了。我们看了永泰公主墓，在武则天的无字碑前留影。我们顺着高高的、长长的青石级走上去，再走下来，对石级两旁森然站立的石雕惊叹不已。米芾开玩笑说，假如她死后能有这么气派的墓地，她愿意这一刻就死去，但这注定是不可能的，所以我们现在得好好活着。

从乾陵回来，米芾说，我帮你拉广告吧。我说米芾你算了吧，别跟我谈广告烦人。我说拉不来广告总编也不会炒我，我只是不要奖金就行了。米芾说，那近似于废话。

我按米芾的要求给她提供了两家从别的报纸上抄来的企业地址和他们的生产、经营状况，我说米芾你不至于为了我的广告粉身碎骨吧。米芾拿腔拿调地说：美貌是万能的金卡，在任何地方都能提出现款。米芾说她还不至于弱智到只会以色司人的地步。米芾要我陪她一起去，米芾说要不人家还会以为她是江湖骗子呢。我觉得挺好笑。但我还是陪米芾去吃了两顿饭。因此，当米芾在一个星期后把两张合同书拍在我眼前的时候，我的惊诧与讶异是可想而知的，我悲欣交集地拥抱米芾，内心的感慨潮水一般。米芾一拍我的后背：交差去吧。

米芾走了。她坚持着不让我送。她说就让她一个人走，像她来的时候一样。米芾又从我的视野中消失了。消失得无声无息，仿佛鱼消失在大海之中一样。而我，又回到了我从前的日子。上班、下班，走过来，走过去，被烦难的事情打击，被袖珍的快乐唤醒。

我在寂寞的时候翻捡米芾带回来的那些来自许多地方有着许多细节的饰件，我在寂静中慢慢拼织，想要拼出一个较为完整的米芾。我仿佛听见米芾在说，我一定要过上我们想要的日子。

可是，亲爱的米芾，我们想要的日子到底是什么样子的？

九 儿

"九儿，你是你们家老九吧！"九儿不记得是第几次被人家这样问了，然后自是一番解释。

九儿爹妈就生九儿一个。

九儿也奇怪爹为啥给自己起了这么个怪名字。

九儿后来有了些学识，知道九九归一，一生二，二生三，三生万物的说道。过去问爹，是否是这意思。爹一拍大腿，把一口唾沫吐老远：狗屁！你娘生你时，爹去给你外婆报喜，恰你姨娘家母猪生了九个崽，也去给你外婆报喜，你外婆正高兴，乐颠颠听岔了话，就问爹，你家九儿是男是女呀！

爹报喜回来，就九儿、九儿地叫了。依爹的说法，这名儿吉祥！

九儿听了，气极。九儿有多恨爹拍大腿、吐唾沫的样子，九儿就有多恨自己的名字。前者不文明，后者没文化。

九儿做梦都想把自己的名字改掉。

九儿就幻想着能搬一次家，搬到谁也不认识自己的地方去住，那样，自己就有改名的机会了。但那名字终像是蝌蚪的尾巴，给大人小孩终日牵扯着。

九儿，吃饭！

九儿，上学去喽！

九儿，把你的橡皮给我使使！

但机会终于来了，蝌蚪的尾巴就要脱落了。

中考填志愿表时，九儿在志愿表上工工整整地写下刘思。在九儿心中，新生的刘思代替了死去的刘九儿。九儿的表情里有一种决绝，仿佛美

女面对脸上将要消逝的一块黑痣。

九儿从此就叫刘思。

刘思！刘思！多么美好的名字啊！刘思在心中呼唤着，应答着。一种由名字引起的，又超越名字的美好之情在刘思心中绵绵地荡开去。刘思顺利地考进了新学校，刘思现在是再生的青蛙。

"刘思！"新同学喊。

"哎！"刘思答。

多么美好的一幅画儿呀！

刘思沉醉在这幅画儿里。

"九儿！"冷不丁，还会有一种声音冒冒失失地蹦出来，刺疼刘思的耳膜。那是刘思的老同学。刘思就惊慌失措，恐惧莫名。刘思就躲那同学，尴尬地躲，惊慌地躲，躲得远远的。

刘思毕业了。

刘思毕业后挤进了人头涌动的都市。人头涌动的都市没人认得九儿，也没人知道刘思。那些陌生的脸让刘思觉得安全。刘思喜欢这种全新的生活。

现在大家只知道刘思了。都喊刘思，刘思轻轻应着，脸上有一种长途跋涉之后的宁静的疲倦。在那一种宁静当中，流淌着一条淙淙的岁月的河。

刘思现在已经习惯了刘思。仿佛是肌肤习惯于一块被擦伤的，现在又长好了的新肌肤，连一点痕迹都没留。

人们忘掉了九儿，包括九儿自己。而刘思，也不再为刘思而激动。刘思不知道这是否就是长大，就是成熟，而长大了，成熟了，究竟又有什么好呢？这样一想，刘思心中就有些怅怅的。

那一年，《红高粱》正火。看了电影的同事回来都说刘思长得像片中的九儿。大家私下都唤刘思为九儿。说到刘思时，就只一努嘴：九儿！

刘思听了，就发了长时间的呆。

一次刘思走路，听见一个人在后面"九儿、九儿"地喊。刘思就停了脚，等那人走近，看看是一张陌生的脸，知道人家将她看成《红高粱》里的九儿了。但仍切切地问：你是在唤我吗？那人连说对不起。九儿仍仰着脸，热切地问：你是在唤我吗？那人就跑了。九儿就在后面追，追了两步，就站住了。自己想了一想，摇一摇头，再叹一口长气。

爱情海

冬儿是在一次采访中认识作家阿木的。

在此之前，冬儿读过阿木的很多文章。因为对阿木文章的喜欢，冬儿把阿木两个字印在了心上。

当冬儿的一个朋友把阿木介绍给冬儿的时候，冬儿脸上瞬间变幻出的惊喜忧思在阿木最初的打量中宛如一帧帧美丽图画。

冬儿惊喜的是阿木就跟她想象里的一模一样。冷静、简洁、文雅。当冬儿跑出跑进忙着采访的时候，阿木静寂地坐在那里，看守着冬儿的采访包。当冬儿坐下来的时候，阿木把矿泉水的盖子旋开，递到冬儿手上，耐心地为冬儿介绍某一个对冬儿来说仍是陌生的名字，把它的准确笔画写在冬儿的采访本上。阿木的细致让冬儿的心生满了细细密密的触觉。这些渴望游移的触觉让冬儿心里瞬间爬满忧思。

彼此告别的时候，冬儿已不敢去看阿木的眼睛。冬儿知道自己此去的心路上，定是雨润烟浓。

冬儿的那次采访很顺利。在做完播出节目后，冬儿把那盘带子为自己细细地编辑了一回。于是，冬儿看见阿木和一群人远远地走过来了，然后是一个中近景的阿木，再侧转身，成了阿木的脸部特写，神情静寂地看着不可知的地方。阿木坐着，微低着头，在听人跟他说什么。阿木仰着脸，在寻找什么……冬儿把那盘剪辑好的带子放给自己看。

终于有一天，冬儿无法忍受阿木在心中的膨胀，就写了封信给阿木。阿木很快给冬儿打来电话，阿木说对冬儿印象深刻，说仿佛是早已相识的朋友。冬儿想，阿木并没有随便地把她送他的那张名片丢掉。

冬儿说：我可不可以去见你。

阿木说：随时迎候你，冬儿。

冬儿出发的时候，外面正下着雨，那个干旱的夏天难得的一场雨，这叫冬儿心生愉快，觉得是一个好开头。

一家装饰简洁典雅的茶室。冬儿和阿木对面而坐。

当服务小姐过来问要什么饮料时，冬儿想都没想就说："爱情海。"冬儿从放在眼前的茶单上看见这三个字时就这样说了。冬儿不知道什么是"爱情海"，但她就这么叫了。话说得太快，冬儿就有些不好意思，偷眼去看阿木，就看见了阿木眼中的一片光亮，一片温柔，和温柔中的怜悯。

给我朋友"爱情海"，我要"碧螺春"。冬儿听见阿木轻声跟服务小姐说。冬儿禁不住通红了脸，慌乱地低了头，慌乱中，冬儿感觉阿木的目光在自己脸上抚过：冬儿，说说你自己吧！

冬儿不说自己。冬儿给阿木说那盘带子，说那个多日来活跃在自己醒里梦里的阿木。冬儿说这话的时候，仿佛是一个无法控制自己行为的梦游人，全然无知于自己言行的利害。冬儿又捕捉到了阿木的眼光，仍是那样冷静、柔情，充满温柔的怜悯。

时间仿佛凝住。冬儿觉得自己心里仿佛有一万句话要说，却又不知道该从哪儿说起。而阿木呢？是否突然意识到自己正站在语言的陷阱边，生怕稍有疏漏，就会一脚踩空，从而跌进无边的黑暗？对这样的两个人，如此近距离的坐似乎是十分痛苦的，他终于把目光从她的脸上移到旁边桌上两个下围棋的男人的棋盘上，她的目光像是怕迷路似的紧随他，落在距他的目光一厘米的地方。

告别的时候，他们彼此无言，甚至没说一句再见。

回去，冬儿就收到了阿木寄的一本《阿木小说集》。扉页上赫然写着：拒绝与接受，都是伤害。冬儿存正。

冬儿在那本书里读到了一个叫"爱情海"的故事，知道了一个叫迪的女孩子，一个在茶室里也要过一杯"爱情海"的女孩子，一个为故事主人公殉了情的女孩子。冬儿在读那个故事的时候，感觉自己迅速轮回了一次。

"如果这事发生在别人身上，我会带着羡慕的心情为他们在暗下击掌，

因为我羡慕至情之人，并且认为这是自杀这种最不人道的行为当中唯一可被理解并被原谅的理由，可迪的死，使我彻底改变了看法。……"冬儿的眼泪大滴大滴地落下来，把那页书洇湿了好大一片。冬儿分不清那眼泪有多少为迪，又有多少为了自己。

冬儿甚至很羡慕迪。

冬儿后来很不爱去外面喝茶。冬儿害怕看见茶单上的字，冬儿害怕邂逅那种叫"爱情海"的甜腻饮料。冬儿说，弱水三千，我只取一瓢饮。我要一杯"碧螺春"吧。冬儿轻轻地跟服务小姐说。

那盘剪辑带早已被冬儿塞到了书柜深处。一次整理书柜时翻出，冬儿的手愣在那里，慢慢地，冬儿眼睛里现出一片亮光，一片柔情，一片对自己的温柔的怜悯。

没有人在原处等你

是朴的故事。

情人节这天，朴恰巧签下了一张至关重要的单。朴拧了很久的眉头终于可以暂时舒展开来。朴让自己像个闲人似的漫无目的地行走在大街上。朴疲倦的心田像秋收后空旷的土地。

大街上依旧车水马龙，人来人往，阳光穿过半污染的空气淡淡地照耀着，一如无数个平常的午后，可分明又有什么异样的东西在这午后的空气里氤氲着。等朴明白过来的时候，一缕笑意清流般从他的心田里漫过。朴看见那么多人手握鲜花行走在大街上，他们看上去是那样单纯快乐。朴的第一个闪念就是：花朵在大街上穿行。朴走在人群中，那些握花的人和他擦肩而过，他闻着空气里的余香，心中充盈着一种淡淡的甜蜜。

朴后来就走进了一家鲜花店，看着朴十分外行的样子，花店的女孩破例从忙碌中抬起头来为朴讲解那在他听来如同天籁般的花语。

朴第一次明白，一朵再也自然不过的花竟然被人赋予了如此繁复的含义。吃惊之后，朴怜香惜花地想，不都是花吗？哪一朵不美呢？干吗厚此薄彼呀。

朴后来就选择了康乃馨，那家花店最多的，在那样一个特殊的日子里唯一不涨价的花儿。

朴买了一大束。

朴捧着那束重沉沉的鲜花，走在大街上，朴再次想起自己最初的那一个闪念：花朵在大街上穿行。朴笑了，俯首在花的清香里。

朴在下一个十字路口向北走去。朴想象着他心爱的女孩看见花时的表情，花会使女孩快乐，这点儿是肯定的。可女孩也会嗔怪他花钱太多吧？

没事，朴想。他要告诉女孩他今天的业绩，把那句"面包会有的，一切都会有的"语气铿锵地再说一遍。

一年前，当朴在大街上和流浪的女孩相遇的时候，朴就是用这句话安慰心情惶惶的女孩的。朴说，我要养你。我能做一个养得了自己心爱的女人的男人。两年来，他努力践行着自己最初的诺言。尽管十分疲累，可他依旧初衷不改。朴想，等他们有一些钱了，他就娶她。

朴站在了那扇熟悉的门前。朴的指尖在门上弹了弹，唱歌一般地喊：芝麻开门来！门紧闭着。朴再唱。门依旧无声无息地闭着，像一张表情冷漠的脸。

现在朴敲门的声音明显强烈了。仿佛砸门，代替那一句"芝麻开门"的是朴急切的呼叫。朴喊了很久，朴的喊叫声打门声惊来了房东。胖胖的女房东肯定是熟悉朴那张脸的，女房东用洞悉一切的眼神看着朴说：她走了。钥匙在我这里，你的东西在屋里呢。说着，麻利地开了房门。小小的一眼可以望尽的房子里，朴看见自己的牙具和毛巾整齐地摆在桌子上，他上一回来时脱下的衬衣也洗干净了，整齐地叠放在那张窄木板床上。朴在衬衣上看见了那张纸条：

我不忍再目睹你的累和我自己的累。所以我走了。不要问我将去哪里，因为我也不知我的归处。祝福你的未来，这也是我给我的祝福。

谢谢你这一年和我一起走过。

朴后来来到了街角的广场上，一年前的情人节他们在这里邂逅，一年之中，有多少黄昏，他和女孩来这里，坐在放满盆花的石阶上，握着彼此的手，静静看广场上的人和灯。那时他们是多么热切地幻想过他们想要的生活啊！朴在街角的护栏边驻了脚步，他看着自己怀抱里的那束花，他很奇怪自己还抱着那束花儿。

广场上走过来一个卖花的小女孩，女孩的臂弯里挽着一个竹篮，里面装满了单枝的玫瑰。朴走过去，把花送到女孩眼前，说，小妹妹，我送你花吧！

女孩愣了一下，立即就笑了。说："谢谢大哥哥！"

女孩快乐地融进往来的人群中，她冲过往的每一对男女喊：哥哥，给姐姐买花吧，瞧姐姐这么美！买花吧，单枝 10 元，这束花 50 元。

50 元钱，这数字朴是熟悉的，因为那是他下午买花时刚刚付出去的。

朴站在人流之外，听着女孩脆脆的叫卖声，感觉那声音是如此恍惚隔世，却又如此迫近。

远　方

　　那鸟是只美丽的鸟，鸟的眼睛是晴空的颜色。鸟在林子里飞，长长的尾翎在枝柯间徘徊游曳。鸟永远在唱着同一首歌，日子是永远的重复，今天和昨天没有两样，一如那条穿林而过的溪水，年复一年，日复一日地，淙淙…淙淙……

　　溪水流到什么地方去了？鸟不知道。鸟只知道在春天的时候，会有无数落花在水皮子上，浪浪地跟着流水漂到远方去。因了花的缘故，那水仿佛也沾染了一缕轻红。夏天的时候，溪水就变成绿色的了。鸟熟悉那颜色，那正好是林子的颜色。这绿一直要到来年春天，等花儿都开了的时候，才会稍有些变幻。

　　远方是什么样子的？鸟不知道，但可以偶尔猜想。鸟睁着那双晴空般的眼睛审美着林中的世界，有一种恬静与安祥晃在其中。但生活注定了是要有所变化的。某一天，林子里走来一个提着竹篮的小姑娘，小姑娘是来林子里采花的，小姑娘一边采花一边唱着一首久远的歌谣，鸟觉得那是一种自己从未听到过的仙音，鸟儿在那歌声中陶醉了。它喜欢那个小姑娘，迷恋她快乐的样子。女孩的花篮装满后就离去了，鸟觉得那离去的脚步正一步比一步远地带走了自己的宁静，鸟牵挂的目光在林子的转弯处被绊断，鸟儿感觉到一种从未体验过的失落。

　　许多天过去了，又过了许多天，再没见那女孩来过。鸟的眼睛因为想念而蒙上一层灰色。它沉默着，忘了歌唱，终于有一天，那女孩又来了，身后还跟着个男孩。鸟惊喜地呼号了一声。鸟飞下枝头，绕着女孩和男孩飞旋，不停地唱着一首迎宾歌。

　　花篮不久就装满了，女孩和男孩就在林中玩着捉迷藏的游戏。鸟看见男孩把一个花环套在女孩的脖子上，这让女孩显得更加美丽。鸟躲在绿阴后面窥望着，被他们的欢乐感动着。鸟想，做人多好啊！女孩和男孩走了，鸟看着他们的身影离去，觉得自己不应再徘徊了。它要去看看林子外的世界到底是什么样子。

鸟儿追随着男孩和女孩来到一个小村庄，所看到的景象却叫鸟失望。先是村头两个男人不知为了什么扭打在一起，旁边一个披头散发的半老女人拼命吆喝着，还有一群人在远处看着，全都是木然的样子。

鸟儿不喜欢这场面，它又飞到村子的另一头，那儿是一片宁静祥和的场面，几只鸽子悠闲地在路上踱着方步，叽叽咕咕地聊着天，……突然从后面闯进一辆头上冒着黑烟的怪物，看见路上的鸽子就以更快的速度扑过去。怪物卷起的风尘中，鸟看见一片片鸽子的羽毛久久地打着旋儿……

鸟儿伤心极了，正不知该往哪儿去的时候，却又看见了那两个孩子，他们正走过一道篱笆，鸟儿飞过去栖落在篱笆上。鸟看见一个中年女人喊着两个孩子走出门来，手里捧着一根竹签：快来吃鹌鹑肉，刚烧好的！女孩呼叫着抢在前头，女孩得到了那支竹签，咬了一口，连叫"好吃!""好吃!"。

鸟儿震惊了，也伤心了。正暗自伤心，却听见男孩在喊："快看那只鸟儿，多漂亮多稀罕呀！赶紧把我的弹弓拿来！"

鸟儿还没明白是怎么回事，就感到一粒石子冲自己打来，差点儿击中鸟儿的头部。

出于本能，鸟儿仓皇飞起，它逃脱了厄运，飞离了村庄，鸟感觉天一下子昏暗了下来。惊弓下的鸟儿不知自己该飞向哪里。

玛 瑙

玛瑙是一个沉在我记忆深潭里的女人的名字。二十多年时光过去，之所以想起来，全因为旧日老邻来城里办事时的偶尔提起。

玛瑙这两个字写在纸上挺诗意。但在当时，用我的家乡话，被果子沟那些乡下人的嘴一喊，就土了。"玛瑙！""玛瑙！"声声入耳的，是秋后敲尽了核桃的树上秋蝉的鸣叫声：短促，上气不接下气的。

最初映现在我记忆底片上的玛瑙就已经是一个寡妇了。我记得她腰里挟着个竹筐，身影袅袅地穿过碎镜片似的稻田间的田埂去河里洗衣，或是手拎着把弯月刀，发鬓光亮地去后坡给牛割草。我想象不出玛瑙邋遢时候的模样，我觉得她像朵开在一望无际原野上的小草花。

但大人们私下议论玛瑙，说她命苦，摊上长根这么个"不行"的男人，还早早地见了阎王。我不懂"不行"的意思，就去问二姨，结果二姨就在我头顶敲了两个栗包。我立即明白了，"不行"就是不好的意思。因为碰上询问的小孩，而大人不能说不想说的时候，多半是这种激烈的表示。

但玛瑙的婆婆却骂玛瑙，是一只不会下蛋的母鸡，一个克夫的扫帚星。骂声在傍晚的暮霭中隐约，让点燃了用来驱蚊子的艾蒿的味道就格外弥漫得浓郁了些。大人们偶尔也叹一声：两个没男人的女人，日子也是栖惶。叹来叹去，就怨长根娘命苦，怨玛瑙命苦。

繁星满天，萤火虫打着灯笼在玉米林中寻寻觅觅。夏夜院场边的乘凉因这一两声叹息而定格。这时，总有玛瑙的声音若明若暗地飘过来：娘，喝一碗绿豆汤！

第二天，我们见玛瑙腰里挟着个大竹筐袅袅地走过碎镜片似的稻田的田埂去河里洗衣，碰上洗衣的阿嫂阿妹，也说笑。圆脸一仰，菜花似的烂漫着，并不是一副低眉顺目，委屈娇怯的柔弱模样。

夏夜的河边比白天热闹。田里忙碌了一天的男人都要去河里洗一洗身上的汗气。而女人就在自家的院子里洗。先烧一锅热水，在大木盆里扔一把干艾叶，把水冲进去，再捞去艾叶，添进凉水，冲洗身子，说是这样治病呢。但玛瑙在河里洗。我和哥趁着月光去河里寻下午遗失在河滩的一把小刀，就撞见了玛瑙。她正坐在一块青石上，月亮照在她的精身子上，亮晃晃的白。听见响动，她一激灵沉到水里去，只留一个发髻黑亮的头在水面上，看清是我们，那身子立即浮出水面，同时笑了。说小毛孩家，吓人一跳，还以为是哪个臭男人呢！又指教般地，二丫，小姑娘家可不能光屁股乱跑，给人家看见了笑话。我说你才光屁股呢！走近些，给她看我的月白色小短裤。她就势把我掠过去，说姨姨老眼昏花了，没看清呢！也不管我呼喝挣扎，两下脱了我的衣裤，说姨姨给你也洗洗吧，凉快着呢！

我看见水珠子从玛瑙身子上把牢不住似的滑跌下去，无奈地溅到河水里去了。

玛瑙把我抱上岸时趁势在我头发里闻一闻。说二丫香呢！我说玛瑙你的身子真光！她很开心地笑了，笑声脆脆的。笑完了她对哥说，快领妹妹回去，你娘要着急呢！

月光般明亮的玛瑙还是给男人"放倒"了。在河滩上吧？我听二姨跟隔壁的娥儿说。后来又听黑子说玛瑙在玉米地里又给男人"放倒"了。我不知道黑子是自己看见的还是听谁说的。但看他们说话时的神秘样儿，我猜想，"放倒"也不是什么好意思。我想起河里那个光亮亮的玛瑙，想不明白她为什么总跟不好的事联在一起，而长根娘的骂声现在几乎要在每一个黄昏随艾香气一起袭来。

那骂声在一次更激烈的响起之后沉寂了很长一段时间，并且就此沉寂下去了。因为据说玛瑙跟着个野男人跑了。我猜想着果子沟里每一个有可能带玛瑙跑到远方的男人，可过不久，我又碰见了那个我猜想中的男人。到最后，我也没猜出到底是哪个野男人把玛瑙带跑了。跟野男人跑走了的玛瑙让果子沟的人热闹了许多个黄昏后，又渐渐习惯在遗忘里了。

许多年后的一个午后，长根娘的矮屋走进了一个穿戴整齐的妇人。妇人喊娘！妇人说我来接你了，娘！妇人说娘你跟我走吧，我那一双儿女都想有个婆呐！长根娘折不下自己的老脸，但长根娘争不过一把老骨头无依无靠的命运。

翠　色

　　这两个走过来的女孩儿，高些的叫陈笑笑，她住在商邑城一个叫大云寺的院子里。大云寺是个博物馆。大云寺毗邻着一个植物园——丰园。这两个好加在一起，真够好了吧。

　　丰园阔大，植物丰茂奇异。用陈笑笑的形容，是一年四季，从丰园吹来的风，都是香的。十二岁的笑笑有她十二岁的同学和玩伴：一年前借住进大云寺的同班女生牧笛。对，矮些的，就是牧笛。

　　随着这个暑假来临，她们将告别童年，下一学年，她们就是初中生了。牧笛的变化会大点，她的妈妈将要再嫁到省城，新爸爸是省考古队来大云寺修复文物跟她妈妈结识的杨伯伯。牧笛的中学生活将从省城开始。

　　除了去照相馆拍大头贴彼此相赠，笑笑出主意，共同看场电影做别她们的童年。牧笛说省城没有丰园，游丰园纪念这段在一起的时光最好。

　　两人击掌，决定游丰园。

　　这天一大早，她们从那道也许只有她们几个人知晓的后门进入丰园。

　　丰园后院有一大片莲塘，塘中有能托举着一个小孩也不会沉陷的莲叶，还有千年古莲！陈笑笑听人说过，开白色花的结莲子，红色的不结莲子。但是许多年过去，每到莲花结子时她们就开学了，到底使她没法印证这说法是否准确。一回头，却见一棵树上挂着张牌子，牌上有字：

　　面包树。原产太平洋群岛、印度半岛，以及巴西、墨西哥等地。每年11月到次年7月，连续开花，不断结果。果实成熟后变成黄色，犹如树上悬挂着一个个烤熟的"面包"。果实营养丰富，是热带居民的主要食品。

　　笑笑分析说，这样的树肯定难栽，成活率低，种子稀缺。

　　牧笛问理由。

笑笑说，若是好栽，干吗不在每家门口栽一棵，比如大云寺的院子里，多的是空地。这样，每天早上上学前，爬到树上拧一个面包下来，又新鲜又热乎，肯定比放在冰箱里的隔夜面包好吃！

走过一座长满绿藤，流水淙淙的木桥，又出了一道门，就走到了一片金黄的沙地边，老远就看见很多毛扎扎的圆球，牧笛说像连环画里《地雷战》里的地雷。笑笑说像远古动物的蛋。又说沙漠植物是海洋动植物的魂变的。

看见笑笑快乐的样子，牧笛的心思有点复杂。

昨天夜里，妈妈跟她谈了杨伯伯，说到暑假后她们生活将有的变化，说杨伯伯在省城那边给牧笛联系了重点中学……对自己的学业牧笛是自信的。她也看见妈妈对杨伯伯的好，杨伯伯对妈妈的好，两个彼此以好相待的人，他们在一起的生活，也会好吧？可不知为什么，牧笛心里还是有种说不清楚的惆怅。

丰园归来的这个晚上，笑笑发现妈妈在整理自己的衣服，抱怨她个儿长得太快，说很多漂亮衣服一眨眼就短了，小了，穿不成了，真是可惜。

笑笑听妈妈说，觉得妈妈夸张的表情有点好笑。

她看着春夏秋冬的衣服摊满妈妈的床，被一堆堆地归类、打包，知道妈妈是给老家亲戚的孩子准备的。

笑笑看见一件自己穿过的裙子，嫩绿中有一抹黄，分成上下两半截。裙子是太阳裙，宽宽的裙摆，褶皱妥帖，自然下垂，很好看。裙子摊开在床上，像一把精美的扇面。裙子的前面，钉着三朵手编的同色系的绿色花朵，花朵第一眼看上去像玫瑰，第二眼像葵花，再看，就不知道像什么花了。

所有的花笑笑都喜欢。笑笑最后就在心里认定，那花是三朵即将开放的葵花。上半截是一个短衫，没有袖子，肩头的两个蝴蝶结把前后两片连接起来，衣服是笑笑十一岁生日时妈妈送她的，第一眼看见，笑笑就欢呼着表达了她的喜欢。

笑笑赶过去，抢在妈妈打包前把那件裙子抓在手中："这件不许送人，小了也不能送！"再次重申，"要一直留着，作纪念。"

　　妈妈不可能知道，另一个夜晚，在女儿的房间，笑笑穿上那件短了一大截的裙子，裙子刚刚盖住小屁股，这让她浑圆的小腿显得格外直溜，格外修长，那件短衫穿在身上恰恰暴露着她的小肚脐，肚脐扁扁的，像一个没有打开的羞涩的笑靥。虽然在镜子里打量自己有点不好意思，但是匆忙的一瞥中，笑笑仍觉得镜子里的自己，真的很好看。

　　同样的一个夜晚，牧笛在省城自己的新家，在电脑前对着笑笑给自己的留言，流泪了，又笑了。这是《小王子》中狐狸对小王子说的一段话：你看到那边的麦田没有？我不吃面包，麦子对我来说，一点用也没有。但是，你有着金黄色的头发。麦子，是金黄色的，它就会使我想起你。而且，我甚至会喜欢那风吹麦浪的声音……

　　无论怎样，她们是初一女生了。

巴特尔

巴特尔说"巴特尔"在蒙语里的意思是"英雄"。我们就看着他笑，使他的黑脸现出桃花色。

两米高的巴特尔行动却能敏捷如豹，加上他职业马术教练的身份，看在我们眼里就叫与众不同。

是一个中秋夜，那晚的月光在后来的回忆里留下一片亮银色。那时柚子的新男友刚继任，我们自然又有了很多新鲜的玩处。中秋一大早，柚子就打电话通知谁也不许安排晚上的活动，她男友大过要带我们去一家蒙古饭店吃饭，说有马奶酒，有祝酒歌，有蒙古女孩跳舞。

晚饭前柚子跟大过来接我们。在车上大过一再说，巴特尔是绝对值得一见的人物。说话间车过了护城河上的吊桥，直开到城墙根下，就见一朵，两朵，三四朵蒙古包散漫在那里，一包前站着个人，恍如关羽站在他的大帐外。看见熟悉的大过的车子，迎上来，嘴里说，欢迎妹妹们。柚子嘴快，说，还以为你会用蒙语致欢迎辞呢，普通话倒说得比我们溜！巴特尔低一下头，腼腆一笑。我们再说，看你须仰视才见啊，巴特尔，你真是大人物！

晚饭很丰盛，吃肉喝酒。还是吃肉喝酒。端上来的唯一蔬菜叫沙葱，说是沙漠里的植物，空运来的，但在我们的味觉里，却不见得好。如果那时我们心细，就会发现这也正是巴特尔饭店最后关门的根本性原因吧？因为在这个城市里，有谁能够以这样的吃法吃饭？一顿足够了。下一顿谁还能吃得下？

再看巴特尔，哪里像是在经营饭店？他像坐在自家的餐桌前。他坐下来的那份安宁，会让你把这个巴特尔跟所有开饭店的人加以区别。

大大小小盛肉的容器被蒙古小伙不断端上来，这期间有三个眼神清澈，脸色红润的蒙古姑娘进来唱酒歌，声音悠长，辽远，如拜伦诗歌里的云雀。我们大声赞叹，学她们的样子端起马奶酒：敬天、敬地、敬父母，心里的新异大于快乐。巴特尔被喊出去，一会儿进来，再被喊出去，再进来。

出来进去坐下，巴特尔脸上总是那样安详的样子，仿佛在说，生活是如此美好，由不得人不心生满意呀。

巴特尔第三次进来的时候，手上拉着个姑娘，长臂长腿，窈窕得很。跟巴特尔的伟岸映衬，使伟岸更伟岸，娇巧更娇巧。姑娘坐在巴特尔身边，像一朵贞静的莲花。再看席地盘腿的巴特尔，优雅地把肉切细，用左手的三根手指撮着，精确地送进红唇白齿间，无声地咀嚼，无声地咽下。一块，又一块，从容，享受，富有美感。巴特尔吃东西的样子叫我大为惊奇：男人进食原来竟然也可以这般优美。

吃饱喝足后就有人拿来马头琴，如水的蒙古长调在巴特尔的手指间流出，他的细长的眼睛微眯着，腼腆里有一种孩子气的任性。只有他苍茫悠远的歌声飘在他的表情之上，犹如难以言说的天籁。

大过一一敲打我们的臂膀，酒气熏熏地说，巴特尔身边的女子叫高歌，歌舞团的，巴特尔留在西安，就是为了等高歌愿意跟他回到草原上去。柚子说，看巴特尔在这里，也像是呆在自己家里，能和心上人在一起，异乡就是故乡了。

那夜的后来，大过又告诉我们说巴特尔在草原早已结婚，他和妻子有一个三岁的儿子。我们反应不过来，说，他妻子就是高歌吗？

我们都想跟巴特尔学骑马，可真看见了马，却没有一个敢独自骑的，连一向大胆的柚子也不能。

巴特尔看我们，再看马，看出我们对骑马的向往，也看出人马之间的不和谐。巴特尔走过来，挽住一个人的肩头，另一只手在她腰上轻轻一托，我们中的一个就端坐在马背上，几乎是同时，巴特尔像金庸小说中的大侠，飘然上马。

一匹马两个人，向着远方去，在马上和地上的人的惊呼声中远去。春

天渐绿的浅草被我们幻想成茫茫的草原。马蹄得得，英俊的骑手带着他心爱的姑娘纵马而去……巴特尔让马跑，走，颠。马在他的掌控中走一段，跑一段，颠一段……最后马回到出发点，巴特尔自己跳下来，再扶姑娘下马。我发现从巴特尔马背上下来的姑娘，一个个扭扭捏捏，晃晃悠悠，摇摇摆摆。

柚子的恋情在半年后结束，我们再也没有见过大过，也就再也没有见过巴特尔。有一天柚子说巴特尔的蒙古包不见了。看来是关门了。我们这样结论。

城墙根巴特尔的蒙古饭店消失，代之的是一个露天游乐场，傍晚时分，有收音机播放很大的乐声，一群中老年男女在闪烁的灯光里跳交谊舞。

那乐声叫我格外想念从前巴特尔的蒙古长调，对着护城河哗哗流水漂洗的月亮，巴特尔苍凉悠长的蒙古长调悠然而起：

　　小黄马
　　你那轻巧的步伐令人陶醉
　　美丽的姑娘
　　我的太阳
　　你温柔的性格留在我的心上
　　小黄马
　　为什么汗出得那么厉害
　　姑娘啊
　　我早知道你有人的话
　　我就不留你了
　　……

喧哗的夜空下，凉幽幽的歌声把夜色一分为二。

夜　游

　　当了两年晚报夜班编辑后，我习惯像蝙蝠似的生活。我黄昏出门，黎明睡觉。这让我对时间、对人事的认知发生改变。我的言语和人际变得从未有过的简单。我靠眼睛识辨方向，靠双脚到达必须去的地方。一次偶然的例会上，坐我对面的主编大概从我的灰白脸色上感到体恤的必要，他说，这小子脸色难看，不是谁欠了他的钱不还，就是他生病了。那天下午，我就被调整到社会部当编辑了。这转变让我一时不适应阳光照耀的白日，而当夜晚来临，我总渴望到外面去。

　　我先是站到阳台上。想我当初下决心买这套房，大概就是因为它38层的高度和这个宽阔的露台。在距离地面如此远的地方，我是喜悦还是忧伤都无碍他人。可第一次，当我走到窗口向下望的时候我就失望了。楼下草地上一片混乱，我用相机长焦把远处的人调到眼前，同时想着赶紧买一架望远镜，我虽然不想使谁注视我的生活，但反过来会不一样。我在镜头里看见人和人养的香猪爱犬在草地上乱窜，拿着警棍的保安和车灯闪烁的救护车让我猜想是谁被杀了。尽管后来知道，只是在楼下散步的人被当空落下的花瓶击中，但这个事件使我对站在38层眺望的美感大打折扣。我向阳台走去的脚中途回返，折向门边。

　　我下楼，就站在了那片草地边，我仰头向天，看见四周的高楼冲天而起，让我像是站在深井底一样，我想小区根本是不适合散步的地方。

　　我只能走向小区唯一的出口：大门。门外是一条南北向的窄马路，南向200米住着一喜剧演员，据说她的楼下经常埋伏着长枪短炮的狗崽队，我赶紧收脚向北，我走到一个小小的十字路口。十字路口的北面是小区的健身会所和超市，西向，是一条两边开满了合欢的寂静马路，路的终端是这个城市的墓园，在这样的夜晚，该有月亮照在废墟上吧。但我这会儿出现在那里肯定不像哲学家而像鬼魂。于是我果断向东。

经过香气已经变冷的面包房，经过秋千架上泛着月光的安静幼儿园，再经过一大片人工种植的小树林……我像一只优良的狗似的嗅着鼻子，我没有发现活动的人影，但嗅出了浮动的人迹，在树林的某块平地上，或者一块光滑的石头上，我看见人来过的痕迹，他们铺下的报纸，报纸上屁股的压痕……不用拿到眼前细看，我就知道正是我供职的那家报纸，想着在此时以这种方式见面，我忍不住笑了。然后我一跳一跳地走出了树林，直到一条宽马路像河似的挡住我，午夜的大街只有偶尔的重型车辆，目中无人地轰然行进，巨大的轰鸣震得我耳朵发麻。我跳到路边店铺的屋檐下，我现在明白那些午夜上街的狗和猫为什么也是这个姿势了。我一跳一跳地走，为的是落脚都在屋檐的暗影里。

我走到一家灯光暗淡的车铺时停下，因为我看见一个活的人，一个少年，陷身在一把脏烂不堪的躺椅里，在午夜的大街边，就着昏昏欲睡的路灯把眼睛贴在那张报上——正是我供职的那家报纸。我迟疑地站到他的报纸对面，打不定主意是蹲下来跟他聊聊，还是继续我无目的的漫游。

爷们！他竟然喊我爷们！一惊之下我感觉这称呼万分亲热。坐一会儿吧。他起身，不容我不坐地把我让到他刚刚坐着的那把躺椅里，返身走进铺子后面给自己端出一只马扎。

报纸好看吗？我说。连中缝的广告都读过三遍了，一个夜晚长着呢。他答。

你说赵承熙为啥要杀那些无冤无仇的人？

这是登在今天社会版上的新闻，白天我们在报社议论过的话题，他这一刻也问我。报纸上是怎么说的，仇恨富人？情感受挫？杀人游戏影响？精神空虚？他拿报上的腔调跟我唠叨。

那你说野猪为啥不在林子里，却要跑到村子里咬死农妇呢？他说的同样是登在报纸上的另一则消息。我打定主意不告诉他我就是这家报纸负责这个版面的编辑了。

你看，芙蓉姐姐又变形了，她再变我也能从她说话的语气里嗅出我们村子上空的味道。大哥，你看上去这么高级，你干啥半夜在街上转，你看这个向三十二人开枪的人就是半夜不睡起来折腾的，他也肯定失眠！少年抖擞着报纸肯定地说，他的眼睛在午夜昏黄的路灯下闪闪发光，让我大为意外。

那你担心我么？担心我是坏人。我把脸凑近他，做出夸张的表情。你要真是才好呢。那明天我就自动去跟这家报纸的记者说"昨夜我见到了杀人犯"，那是不是很有意思？太有意思了！没准我从此不用半夜坐在这盏路灯下了。我再次发现少年的眼睛光闪闪的。

你就不担心你活不过今晚？我反问他。他显然没往这个方向想，吃了一惊的样子。那现在你闭着眼睛想一下，午夜空无一人的大街，你独自面对一个杀人犯，你害怕不害怕？我对他说。

他眼睛不眨地看我。我起初以为他是担心闭眼的一瞬我会伤害他，接着明白他的表情是不屑。他是这么说的：你不是，连像都不像。语气仿佛他真跟杀人犯面对面过。

我愣了一会儿，很长的一会儿。我低头在手机上看时间。背向他离开时我跟他喊，再有一个小时天就亮了。我想告诉他，不久他就可以回到铺子后面睡觉了。见身后没有声息，我忍不住回头，我看见他的脑袋又埋到那张不知道他看到第几遍的报纸上。

穿越城市

未名从古玩城出来，怀里就多了块石头，一块黄河石。

未名弯腰弓背地抱着那块石头艰难地走。那个长着两枚宽门牙的卖主的话犹在耳边：你看这幅"旭日东升图"多壮丽！多逼真！这可真是块千载难逢的石头呀！

仔细打量，石头上果然天生着一幅画：一轮红日仿佛浴过了似的，正在冉冉升起，太阳周围紫气云绕，气象万千；太阳下面，一条大河滚滚而来，涛声汩汩地从远古流淌到今朝。

未名挪步到街边叫了辆出租车。钻进车坐正了身子，石头仍旧小心翼翼地抱在怀里。未名告诉司机要去的地点，抱着石头，望着车窗外掠过的街景，一阵发呆。

未名怀着希望来到这座城市有好些日子了。他像巴尔扎克笔下的吕西安一样，渴望挤进由众多名人构成的上流社会，却苦于没有一条绿色通道。因为还没有被冠名为名人，未名不得不像众多潦倒的艺术家一样，寄身在小巷深处的民房里，在阴暗的画室努力涂抹未来生活的曙色。抹着抹着，未名就想起了大名人阿谁。

未名与阿谁有过一面之缘，在未名的印象里，阿谁极平易，也随和，未名觉得阿谁打量自己苍白的脸时目光里有一种慈父般的光芒。虽则一面，未名却莫名地信赖他。未名想，若有阿谁的举荐，借阿谁的名望和影响，没准自己会少走许多的弯路。

要去见阿谁，未名想，总得要带件礼物去吧。投阿谁所好，在未名想来是容易的。因为阿谁的爱好，是满世界的人都知道的。于是未名毫不犹豫地奔去古玩城，终于挑到了这块奇石。

出租车轰轰地向前开着，街市在未名的凝神中是挂不牢靠的风景画。突然车子停了，因为前面一列仪仗队造成了小小的拥堵。只见红衣白裤的少男少女跳着舞着，彩球升腾，礼炮齐鸣，一座茶馆正在举行开业庆典。

无法前行，大家都伸头出去瞧热闹。突然从麦克风里传来司仪的声音：请阿谁先生剪彩！未名心下一惊，慌忙叫司机把车停在路边，他挤进人群里探望。未名在人群里看见了他渴慕一见的阿谁。阿谁其貌不扬，而他的一大群随从却个个神气。剪彩仪式很快结束，阿谁被请上楼去了，他的随从也都一一跟上去了。突然，后面的那个人被漂亮的礼仪小姐客气地挡住了，小姐请他出示请柬，那人愣了，未名看见他一指前面的人，似乎那人能证明他的身份，但小姐仍坚持着，脸上挂着朵拒人于千里之外的微笑。而前面被指的那人，眼看着在红地毯的转弯处消失了。

也许是未名敏感，他竟像是被漫不经心的流弹击中了似的钉在那里，心身俱僵，不知进退，仿佛那一刻被阻拦在门外是他自己。

未名站在太阳地下像一只呆鸟。直到司机来唤，司机说这车到底还坐不坐呀？不坐你就搬下你的石头去。

未名重新上车，未名告诉司机不用去要去的地方了，未名说师傅你爱开到哪里就开到哪里。司机没听懂，问去哪里？未名语气粗暴地说：你随便转。司机愣了愣，就拉着未名穿街走巷地绕了起来。

司机把冷气开得很大，隔着暗淡的车窗玻璃，未名觉得与街上的人和物仿佛有着隔世的距离。未名低头打量怀中的那块石头，这一瞬间看去，那幅浑然天成的图画跟前次所见却似乎有了全然不同的内容，那仿佛不是初升的旭日，而分明是一轮悄然下沉的落日，它正缓缓地没入暮霭之中，千年不散的雾霭呵，从远古的洪荒流向今朝的浮华。未名想，不知自己和那个长着两枚宽板牙的店主，到底谁更正确一些。

车子依旧轰轰地向前开去，街市在未名眼前纷纷后撤，仿佛一幅幅挂不牢靠的风景画。

未名想起从前听过的一个笑话，说一个老乡进城去，原想城是有城门的，车子一路开过去，却总也不见城门洞。实在忍不住了，就问开车师傅：大兄弟，车子可快进城了？司机说，再开，就到乡下了。未名初时也

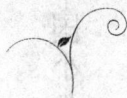

笑，未名这一会觉得自己的笑是那般轻浮。

于是，未名就在心中骂出了一句粗话。未名的指向有些含糊。没人听得见这一句骂。

于是，街市依旧太平。

奔 跑

树杈很低，我伸出双臂攀住，猛一用力，送出身子，双脚向上一勾、一翻，就坐在了树枝上。我站起来的时候看见她也开始上树，她的动作与我像是一个老师教授的。

现在，我和她各自站在一棵开花的树上。我站着的是一棵梨树，她站着的是一棵桃树。桃花粉红，梨花粉白。她刚刚褪去冬天的破棉袄，穿着一件粉红格子的单衣，我也刚刚褪去冬天的破棉袄，我的单衣是绿色的，尽管是姐姐褪下的，我穿着也不合适，但毕竟比穿了一个冬天的硬巴巴的破棉袄舒服。桃花的香气叫我头闷，蜜蜂嗡嗡的叫声使我昏昏欲睡。

我觉得无聊了。我实在无聊了。天空被繁花掩映，天不见了。我只能看二百米外那棵桃花树上站着的女子。她现在走到枝杪上了，坐下。她的腿悬在半空中摇晃着，她的不知是蓝是黑的裤腿有些短了，使她的一截雪白的小腿暴露在外边，光脚穿一双半新的布鞋，脚背是黑的，这使她的小腿显得越发的白。在我打量她的时间里她并没有看我，由此才使我得以专心地看她。她半侧着头，一下一下心思重重地用手指梳理她的过于浓密的长发。身下的花枝随着她用力的节奏一起一伏、一起一伏。她看上去像是一棵反季节开花的树上一只孤零零的熟透了的桃子，随时都有掉下枝头的可能。

我希望在这沉闷的午后能发生点什么。我实在无聊得很。连那些在院场边吃虫子的鸡都不肯答理我。

我踌躇再三，下定决心，张大嘴巴，但发出来的声音却如耳语。我说：甜！甜是对面树上那女子的名字。

我知道她听不见。于是我打算把游戏再做一遍，我的嘴唇还没完成一个口型的时候我听见了一声回答：哎——

老实说，那声音很好听，可给我的惊吓无疑像是无意中引燃了身边的一枚炮仗。"哎！是你在喊我呀！"她热情地再次应答，"我来了——"

我看见树枝在"桃"的屁股下跳了一下，于是"桃"落下了树枝。"桃"一屁股坐在了桃树下，接着一跃而起，向着我的梨树下，飞奔而来。

我像是一只中弹的鸟儿，应声而落，跌在树下的一堆半截子砖头上。顾不了屁股痛，我一跃而起，像是一只仓皇的兔子，只剩下拼命奔跑的份儿了。

一只粉红的长发飘飘的桃子追赶着一只参着刺猬头的拼命奔逃的兔子，在庄子如阡陌的小路上，从村子跑向坡梁，从坡梁跑向河谷……奔跑在果子沟被繁花覆盖的春天里。

不久，寂静的村庄起了热闹。先是忙碌在吃虫运动里的鸡好奇地停嘴，互相探问眼下的热闹缘何而起，接着在阳光下睡觉的狗给从眼前跑过的影子惊醒，狗想起身上担当的责任，不情愿地睁开眼睛，但接着，它们兴奋了。如果你是个有心人，你会发现在这个世界上对色彩最敏感的动物当狗莫属：狗！它们被吵醒，本来心生了抱怨，但接着它们就感谢这醒。天啊！那一红一绿、一高一矮，一矮胖一窈窕、一个慌不择路、一个穷追不舍的奔跑的人多好看啊！最先醒来的狗很大方地把自己的赞叹喊了出来：汪！汪汪！汪汪汪！于是，那些还没有被嚷醒的狗也醒了，也开始叫了。公鸡兴奋得忘了时辰，也加入到鸣叫的队列里来，有活泼的狗干脆加入到奔跑里，于是人追着人、狗追着人、狗追着狗，跑成一个连环，从河谷到庄子、从庄子到山坡。这场狗吠鸡鸣中的奔跑，惊吓得那些覆盖了果子沟上空的贞洁的花们纷纷飘落……

因为引领着奔跑的线路，最初，我还能识辨出道路，选择往哪里跑更科学、更安全一些，还能听见耳边呼呼的风声、还能闻得见因为大口呼吸而胀满肺腑的花香，用嗅觉辨别我正跑过桃、杏、梨、樱桃、李子、苹果、柿子、海棠花树下的，渐渐的，眼睛看不见了、耳朵听不见了、鼻子也闻不见了。再往后奔跑，眼睛就只看见黑暗、耳朵开始鸣叫、鼻子像是被火烤灼似的疼痛，无法呼吸。

　　我们的奔跑终止于一个高大黑影的阻拦。先是我跑到了那个高大的黑影前，黑影横在那里，像一堵墙，我想如果我能穿墙而过，我就安全了，就能够停止这要命一般的奔跑了。于是我用尽最后的力气，向那堵墙奋力撞去，只觉得眼前一黑，我就栽倒到浓重的黑影里去了。

　　醒来的时候，我看见我妈的脸堵在我的眼睛前，见我醒了，她没好气地说：你咋就跟别的孩子不一样呢？你好端端的去逗一个疯子干什么？大概从我的目光里没能看出悔改，妈加重语气继续教导：她是文疯，你不惹她，她会来招你，赶得你鸡飞狗跳、狗急跳墙？实在不像话！秋天你要再不去上学，我就不要你了。

　　我知道她想把我送给不会生孩子的二姨。就背转身，把一个表情单调的背给她。

　　这时我听见甜的声音。甜在唱歌。躺在安全的地方听，她的歌声实在美好。

　　"叫哥哥你莫要如此介意，妹妹的手艺拙，你莫要嫌弃……"

　　今年过年回去，姐说，整年呆在城里，烦不烦啊？咱俩干脆回老家过年？

　　姐说的老家就是童年呆过的果子沟。我说，外公外婆都不在了。回去找谁去？姐说，还能没有你我的饭吃，床睡？

　　送我们的车停在沟口，姐说，剩下的路走着去。

　　在村口，遇见的第一个人竟然是甜，她手上拉着个小男孩子，七八岁的样子。前面走着个女孩，有十五六岁吧。那女孩我觉得面熟，看见她，恍然想起二十年前坐在桃树上的穿红衣服的甜。女孩子见我打量她，腼腆礼貌地冲我笑了一下。

　　我鼓起勇气。做足了口型，那个"甜"字在我嘴里冲开牙齿的阻拦，像呼哨着鸽哨的鸽子一样振翅而起。

　　我又听到了二十年前听过的那个声音，她说——"哎！"

　　"是你呀？"

　　"啊呀！都变得快要认不出来了。"

我看着她的眼睛，又喊了一声"甜"。我看见她静静地冲着我笑，把双眼笑成弯弯的月亮，笑成她前面走着的那个小姑娘的姐姐。

没有奔跑，也没有随之而起的鸡鸣狗吠以及在我们头顶纷飞如雨的落花。

我跟姐说我和甜的那次奔跑。

姐说，甜小时候受过惊吓，是真的疯过一段时间的。至于是否有过那场奔跑，却不记得。我不甘心，就跟她描述小时候记忆里果子沟春天的景象，问她可是真的。她说，当然是真的，要不干吗叫果子沟呢？

伊人寂寞

是那场突然降临的死亡出卖了她。

灾难降临之前，她是个不久就要当妈妈的女人。那时她的妊娠反应已经过去，对食物的热爱又回到她心里，睡眠也回到她的眼睛里，她的精神很好，看上去健康而强健，有旺盛的精力。生活很好，即使她的肚子高高地隆起来了，腰身的粗壮使她原来的衣服不再适合她，但是春天的到来却使她很容易打扮自己，她穿着宽松舒适的孕妇裙，看上去是那样闲适自在。

是一个周末，她要去郊外镇上看望一位女友。女友在电话里不止一次跟她描述小镇油菜花开的样子，麦苗儿青青菜花儿黄，那情景她是熟悉的，只是好多年没看见了。现在，怀孕使她从容起来，那就去看看吧。

她拒绝了丈夫的陪同，她说，离产期还早呢，没那么金贵，一个人去得了。她心疼上夜班的丈夫，就靠白天的睡眠补精神，她不想叫他缺觉。

丈夫送他出门，随手理了理她耳边的头发，使她的头发更整齐。

他陪她走到巷子口，那里有一路公共汽车，可以载她去女友所在的小镇。他看着她上了公共汽车，他们相互挥手道别后，他就回家了。他睡觉。他的头一挨枕头就睡着了，一个完整的晚班的确使他疲累。他的睡眠一片黑暗，那里很少有梦。

他不知道正有什么在他的睡中发生。那辆公交车，载着他妻子和将要出生孩子的公交车被一辆迎面的车子撞到了路基下。他的妻子和他未来的孩子就在那一瞬间永远地弃他而去了。

他在医院里看见他们，准确点说，是看见他的妻子，他妻子的身体。

跟他谈判的是医生。医生说，她死了，在撞车的一瞬就死了，她撞坏

了大脑，她没有痛苦。医生替他揭开那块白布，他看见她的脸，她的身子，她的身子和脸都是完好的，区别是它们现在看上去僵僵的，没了血色。他仔细地看她，他看见她的眼睛睁得大大的，那里没有恐惧，只有吃惊，像是看见什么叫她不明白的事情在眼前发生，从前他惹她生气时她多半就是那表情，吃惊无辜地看着他，看得他心软，把所有的过错自觉承担在身上，不管事情的起因怪不怪自己，他都甘心。现在，那样的目光再次出现在他眼前，他立即就有了承担什么的义务了，可这一次，他能承担什么呢？

我们医院想买你妻子的身体，当然，这得您肯成全。医生在说话，在对他说。

等他终于听明白医生的话，他的直觉反应就是把自己善于操持钢铁的拳头砸在医生脸上。但他控制了自己，他虽然活得粗糙，但这并不意味他缺少教养。

我们很想把您妻子的身体留在这里，您不知道，这对医学研究，有多高的价值。医生更加小心地寻找字词，生怕伤害了那做丈夫的情感。

谈判是艰难的。一个是刚刚痛失亲人的丈夫，一方是对科学秉承严谨态度的医生。

总之这桩谈判最后定下来了。那丈夫终因那笔他不再有力气拒绝的金钱放弃了他的坚持；而医生，一个视人体研究如同性命的人得到了那具人体：一个怀孕六个月的年轻女人的健康完整的身体。

据说，那个女人的身体用了世界上最尖端的技术，被栩栩如生地保存下来。

我是在一个名为"人体奥秘"的展览里见到她的。于我，那是众多参观中的一次参观，是一个不明就里就走进去了的一次观看。讲解的先生一再说，一定进去看看，这里有中国仅此一家的珍藏。讲解先生说的"仅此一家的珍藏"指的就是那个怀孕六个月女人的身体，她在这里有一个名字"惊鸿"。那是一个很诗意的名字，但在这里我看不见诗意，也因此怀疑，那不是她的本名。

讲解先生说了她的来历，她现在的身价，那是一个惊人的数字。只因为，她的遭遇的偶然性导致了它科学研究价值的珍贵和奇缺。

时光过去了二十年（这也是讲解先生告诉的），她依旧保持着二十年前那一瞬发生时的表情，让她"永恒"的技术的确高超，她站在那里的样子大方周正，大睁的吃惊的眼睛叫她的表情看上去无辜而年轻。她的双乳饱满坚挺，鼓荡着生命力，她四肢和腹部的肌肉纹理结实有韵致，她孕育和护佑她婴孩的那个地方现在像一面永远敞开的窗，向遇见她的每一双眼睛打开她身体里的秘密：她是一个怀孕六个月的女人，你看她的宝宝多健康，仿佛随时都会在她的子宫里伸个懒腰踢一下腿似的。

我回到博物馆外，九月海滨的阳光明亮清润，空气里有青草的浓香气。我使劲摇头，想摇落那女人看在我记忆里的目光。可是摇不掉。

我再回头，看见明亮的阳光使博物馆呆在黑影里。

那里，藏着科学的凉意。

传　说

　　老猎人是在一丛摇曳的山苇后发现那只豺的。当时夕阳正要落山，一抹余辉凝在山苇上，把山苇花染得异常烂漫。这烂漫留住了老猎人的目光。可立即地，凭他几十年做猎人的敏感，他发现了草丛后的异样。

　　山苇丛中有一只豺。豺受了重创，旧的血凝成了黑色，新的血汩汩地从伤口涌出。

　　老猎人在看清楚豺的一瞬间脑子里喧腾出一幅画卷：一群豺在追逐一只壮硕的野猪。野猪其实已在豺的包围圈里了，也就是说，野猪早已是豺的掌中之物，可豺并不立即捕杀野猪，尽快结束这种包抄与围剿，仿佛这种追逐格外地能叫它们感到快乐。

　　如果站在高处，你会看到这样一幅画面：仿佛前面的豺在引领着野猪跑，而后面的豺在驱赶着野猪跑——让捕食变成游戏。

　　游戏会在野猪精疲力竭訇然倒地时戛然而止。快乐的豺奔拥而上。只是老猎人的一个眨眼，野猪已全部填进豺们的胃，连一滴血也不剩。

　　当这幅喧腾的画卷在老猎人的心里尘埃落定的时候，老猎人望了那只受伤的豺一眼，转身向山下走去。

　　豺也早已看见了猎人，看见猎人的时候，豺因流血过度而黯然的眼睛又暗了一分。

　　太阳忽地落下山去了，一阵风来，那丛山苇摇曳出几分凄凉。猎人就在这时又回来了。

　　猎人的归来让豺禁不住战栗起来，豺用绝望的眼神看着猎人。猎人在豺的战栗中撕下自己夹袄的一角，勒紧豺的伤口，把豺扛在肩上。下山。回家。

山里的冬天到来得格外早。当第一场雪落在山凹里的时候，康复了的豿走出猎人简陋的屋舍。豿在雪地上小心翼翼地跳了一下。又跳了一下。豿在第三次跳起的时候回望了一眼老猎人的屋子，豿看见一点火光在幽暗处倏地一闪，豿知道那是猎人的烟头。豿瞬间就消失在林莽里了。

雪接踵落进豿留下的蹄花里。

老猎人在第二天开门的时候费了些周折，门被昨夜的雪封堵住了。

老猎人在奋力拉开大门的时候吃了一惊，猎人倒退了一大步，猎人看见了豿，那只他救过的豿。

豿蹲在一大群豿的前面，见门开了，那只豿呼喝了一声，众豿接着大呼，呼喝声穿越林莽，如山崩海啸一般，惊得猎人差点坐在地上。又是一声呼喝。最后在一声更为高昂的呼声后，那群豿旋即消失，只把寂静留在猎人的门前。直到这个时候，猎人才看见面前小山似的一只野猪——当然是死的了。

同样情景接下来一再发生。

小山似的野猪如今堆满了猎人的屋后，猎人不知道该怎样处置那些野猪，他为难极了。他很怕那些野猪会引来狼群。

直到又一天早上，猎人颤巍巍地把门拉开一道逢，他看见往常这个时候出现在家门口的豿群没有出现。老猎人终于重重地跌坐在了地上。

猎人坐在那里，看见消失很久的空旷又回到了自己的院场，眼泪差点掉下来。

蛇 影

阿孜低头穿过花树掩映着的低矮的门廊，就站在了自家的院子当中，八月乡村的太阳明亮地照着他家的白粉墙，在阿孜眼前现出一截宁静的白。

阿孜的左胳膊上缠着一条蛇，右胳膊上也缠着一条蛇。这一长一短、一粗一细、花纹色彩不一的两条蛇，使阿孜的两条手臂看上去极不相称，整个身子也不平衡，仿佛负重的人。

阿孜把那两条蛇从胳膊上剥下来扔进院墙边的铁丝笼子里的时候，他十八岁的女儿阿花正从屋里跨过门槛往外走。看见了他，就顿住了，嘴里叫了声爹，一脚门槛里一脚门槛外地倚在门板上瞅他。阿孜就想，女儿大概正要出门唤他回家吃饭呢。

不管是在哪一道坡梁上、山坳里，只要女儿阿花唤归的声音一出腔，阿孜准会在一袋烟工夫返回到自家的院场。

阿孜从来不用应答女儿的呼唤。女儿阿花也从不等待。她只消回家摆碗筷。她的饭菜摆好了，爹已在院里从竹筒里舀水洗手了。

女儿的声音越发甜润了，阿孜想。阿孜这样想的时候，就瞅了一眼倚在门板上的那个窈窕的身影。阿孜觉得女儿的水蛇腰越发的浑圆了，越发像她死去的妈了。

阿孜觉得自己是在用一个男人的眼光打量女儿，就赶紧收了眼。

还是再多捉几条蛇吧，越稀罕的越好，那样，就可以定下南山脚那个老木匠的一套红木家具了。用这套家具做陪嫁，女儿阿花准会高兴的。

阿孜这样想着，禁不住又去看女儿。女儿也不知在想什么，竟是有了些痴，目光定定地望着不知是哪一道山梁，一缕笑意凝在嘴角，仿佛是昨夜未做完的残梦。

"准是关于北山小白脸的。"阿孜觉得心中颇有些醋意。

阿孜正待向女儿走去，在抬腿的那一瞬间，却突然愣住了。阿孜觉得有异样目光正从女儿身边射向自己。这眼光让阿孜在那一瞬间仿佛是患了重感冒似的，极为不适。

这眼光来自于一条蛇。它就卧在阿花的脚边，不仔细看，还会以为是一截在灶洞里烧剩的木柴呢。

在阿孜眼中、心中、手中，蛇都是一样的，不管它们形状、大小、色彩如何，一朝被发现，没有能逃出被他抓获的命运的，这回也不例外。尽管这蛇的眼光格外冷，像是带着一点魔法的。

阿孜有些兴奋，也不打算唤醒女儿，生怕她受了惊。他一边往屋里快走，一边提起了他铁钳似的大手。

那蛇看见他来，竟掉头向屋里游去了，竟是直向阿孜的卧房里去了。

阿孜不急了。想，被他看见的蛇，没有能逃脱被捉的命运的。何况是逃进了自己的卧房，那样简陋、狭小的空间。

阿孜再跨一道门槛，却找不见那条蛇了。他翻箱倒柜、掘地三尺地找，连仅有的两个鼠洞都找过了，还是没有那条蛇！

这是从未有过的事儿，阿孜想。当阿孜最后确信真的走失了那条蛇的时候，一种焦躁使他心中仿佛被什么东西堵住了似的，堵得慌，堵得他快喘不过气来了。他大声地冲女儿喊："水！"这一喊，阿孜觉得自己渴得能喝下一个海。

晚上睡在那张也不知睡过了多少代人的古床上，阿孜还在想那条蛇。阿孜想，它到底从哪儿走脱了呢？阿孜想，这是从未有过的事儿呢。阿孜这一晚乱梦纷纷的。

阿孜从此就有些闷闷的。他每天依旧去外面捉蛇，却常常是空手归来。

北山的小白脸送来了日期，说迎娶阿花的日子就定在下一个春天。可给阿花做陪嫁的红木家具却还是一个设想。

阿孜把自己的想法说给女儿阿花的时候，女儿淡淡地说，她要那张

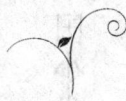

古床。

阿孜说不行。说古床虽古，终是有些破旧，说抬着破烂去北山，会惹人笑话的。

阿花说，她不管，她只要那张妈睡过的床。

古床从阿孜的卧房抬出来是在春天的一个早上。

把垫了多年的褥子一层层揭去，把已被压得起了茸的稻草一层层揭去，就看见了古床淡褐色的床体。在那片淡褐色之上，赫然地印着一条蛇影。阿孜一眼看去，忍不住就打了个冷战：正是那条叫自己魂牵梦绕的在自己眼皮底下走失了的蛇。尽管它已经干成了一盘蛇影，但他依然认得出它。

马县长的鸡尾酒

马县长在南阳任县长的第五个春天，他要走了。关于他的走，众说纷纭，有说马县长要上调省城当更大的官。有说他为政不廉，被人给告倒了。

县长要走的消息，却是真的。

这天一早，县政府大灶上的师傅就忙得不可开交。说是今天县长要宴请平日同吃大灶的同仁，今天的午饭，除了米饭和馒头，酒也是由县长本人提供。听的人就觉得奇怪，谁都知道马县长是不喝酒的，难道这几年是假装不成？好酒之徒们倒暗喜这下可有机会喝好酒了。

饭前，见秘书从县长的房间里拎出一只只坛坛缸缸、瓶瓶罐罐。有些瓶子已经十分古旧，好像有过被长久使用的岁月，不由你猜想，那可能曾经是蹲在某一个老乡的碗橱里装过家酿的柿子醋的。有的一看就是装过盐的，还留有盐蚀过的印痕。它们现在无一例外地盛着酒，高高低低、胖胖瘦瘦地摆满一大片。大灶上的大水缸被抬出来了，秘书和办公室主任把那些坛坛罐罐一一打开，再一一倒进大水缸里。

赴宴的人心怀好奇，只听县长说，这是这几年来下乡时乡亲们送给我的酒，也算是我的受贿之物，幸亏我不沾酒，这些酒才攒下来，今天足够请大家喝的。在国外，这种各式各样的酒勾兑调制出的就叫鸡尾酒，是很讲究的！咱们今天也洋活一回吧。说完用一打饭的勺子在缸里搅了搅，顺势给自己的饭碗里盛了半勺……

大家一齐笑，都去缸里舀了酒，县长的告别饭吃的很是热闹。

据《南阳县志》记载：南阳县原名罩川县，这里地处秦岭山深处，林木丰沛，不到正午，阳光别想照到谷川里，所以就叫罩川县。明朝时候改

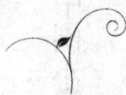

名为南阳县，即取"山之南为阳"的意思。

山里湿气重，这里的人多嗜酒，"五谷杂粮，野果时蔬，莫能不入酒者"。凡是这世上能入口的东西，好像都能在他们手中酿制成酒。

因为交通不便，这里的人习惯自给自足，在食谱上也是自己丰富自己。吃腊肉喝玉米烧被视为人间至高享受。有一笑话为证：老子和儿子在地里劳作，儿子问老子：不知道毛主席每天吃啥？老子答：最好的还不是腊肉就白酒、烧包谷啖核桃，还能吃啥！

作为秦岭山里自然得还保有原始意味的古老县城，南阳县的任何一项出产都足以称得上绿色。可这里的山民不说富裕，连不贫穷都够不上。很多地方还不通公路不通电，当年农业学大寨修梯田，出现过放倒大松树堆起当田埂的做法。有人感慨说，大山里的人是守着金碗讨饭吃。

马县长从省农业厅调任南阳县县长的那个夏天，恰逢一场百年不遇的洪水，县里本就不多的公路被毁了八分。马县长的吉普车过县界不久，就走不动了。马县长下车，看见穿橘红色衣服的县养路工人正在六月的骄阳下汗如雨下地抢修便道。当那一群工人明白到来的是新上任县长的车子，一哄而上，像迎娶新娘似的把马县长的吉普架过了那一段滩涂。

马县长跟在工人后面涉水而过，他感觉到小腿在一块锋利的石头上刮了一下，一股热热的感觉显得河水格外清凉。

再回到路上，马县长问开车的司机小刘：他们能给我抬车，我能给他们做什么？

小刘说：把路修好。

马县长赶到县城的时候已经是深夜了。在临时安排的招待所住下，马县长窗户的灯一直开到天亮。天亮之后，马县长出门了，他让办公室主任带路，在乡间一跑就是大半个月。

也就是一连串的考察之后，马县长确定了"两通"（村村通电与通路）"两兴"（兴药业与茶叶）的治县思路。他像是一只土拨鼠，要在南阳的山山水水间留下他的气味和踪迹。

也许来时他根本不知道自己在南阳县会有怎样的日子，怎样的收获？是那些朴素的老百姓唤起了他作为一县之长的责任吧，或者，作为一个普通人想要做点事情的愿望。

山中日短，几年时间竟像是山中的正午，一晃就过去了。而时间留给南阳县的是漫山遍野的药材，夜里的灯火以及曲折通往远乡的枝枝杈杈的盘山公路。

"路县长"、"电县长"、"药县长"、"茶县长"这些称呼用南阳县人的"蛮子话"喊出来，戏谑的成分格外高一些。马县长听了，多会开颜一笑。每到一处通了电，通了路的山村，迎接马县长的总是山民们淳朴的笑脸和腊肉白酒，每一次归程，马县长的吉普车照例总被塞得满满的。他将肉送给修路拉电的师傅们吃掉，将酒悉数带回。藏酒仿佛珍藏一种情感和荣誉，成了马县长的一种习惯与爱好。

如斯，竟也引得一些人的不乐意，播撒谣言说马县长借机搜刮民财，中饱私囊……风把这话吹到马县长耳边，他也只是淡然一笑。

跟四年前来的时候不同，县长的车逶迤而去，正是人间四月天，窗外漫山遍野的药用牡丹开得正欢，火藤根在沟谷间一片油绿，和风从敞开的车窗吹进来，抚在脸颊上，真是惬意得很。

马县长跟司机小刘打趣：今天的酒里，到底是包谷的味道重一些呢，还是红薯的味道重一些？

小刘努力回味，咂巴半天嘴巴：好像是红薯的味道重一些。

回头想要说时才发现马县长睡着了。于是小刘就闭了声，只是尽力把车开得再稳一些。

长发的爱情

一切都可能通往爱情。

比如一个人的头发。

赵大卫爱上妮子，就缘于妮子的一头如瀑长发。用大卫的形容，那是一种比黑暗更黑的黑，黑暗在它面前显得灰暗。黑暗是单色的，而妮子的头发却拥有阳光的七彩，那是要让最美丽的鸟羽都要黯然失色的色彩。

大卫第一眼看见妮子长发飘飘走进自己视野的时候，就把妮子整个儿想成了一幅画儿。大卫后来所做的一切都是如何把这幅画儿装进自己的相框。

大卫没料到那幅画儿竟到了自己眼前。妮子就坐大卫前排，妮子的同桌是位黑黑胖胖、慈眉善目的女生。大卫心中装满一种说不清道不明的窃喜。

在那幅画儿后面坐了四年之后，大卫还真的把那幅画托了，装框。大卫娶了妮子。

结婚时大卫递给妮子一个雪白信笺。妮子打开，就看见了一些干的海棠、丁香花瓣，花瓣间根根青丝，如醉卧花间的小青蛇。妮子一眼看去，就认出是自己的头发。

那是大卫大学四年里完成的又一项学业：收藏妮子拂落在他课桌上的每一根头发。妮子看头发，再看大卫，目光里波光潋滟。

看过"百年润发"的广告吗？那是他们百做不厌的游戏。那本身也是一幅画儿，一幅运动着的油画儿。想想看吧，一个连自己妻子的头发都爱到极致的男人没理由不去爱自己的妻子。这种爱的力量足以抵挡一切生活的小冲撞。妮子感到幸福，满足。但生活的小碰撞还是说来就来了。如同两根质地很好的绳子，编着，编着，就突然打了个结。

大卫想不明白。妮子想不明白。越是想不明白越是要想明白。结果大卫愤怒地将自己摔向沙发。结果妮子愤怒地将自己关进卧室。妮子看见镜中自己的黑色长发如同黑色的火焰，妮子再看自己愤怒的黑眼睛，如同火焰中的火焰，仿佛为了制止火焰的进一步上扬，妮子用剪刀轻轻碰触了一下，一缕黑色的火焰就悬垂在妮子苍白的手指间。

"美丽的东西都是脆弱的！"妮子想。同时生出一种自虐的心痛。

开始的时候，这种龃龉像夏天的雨，来得快速，去得迅疾，接着是双方争着道歉。是哭，是笑，是笑中的吻……于是他们的亲密又回到了初时的起点上，温度是比开始还要热烈的热烈，是比开始还要甜蜜的甜蜜。大卫说，再不许剪头发了噢！妮子说，我只在乎你。

更大的风雨到来是在他们没有预料的时候，仍是为着他们后来谁也没记住的原因。那情景很像是两只渴望走近而又彼此伤害的刺猬。妮子只能剪自己的头发。妮子最初那点自虐的心痛渐被一种"复仇"的快意所代替。妮子要让大卫心痛。果然，当她拎着那缕黑发脚步"得得"地走过仰倒在沙发上的大卫身边时，妮子看见一抹红涨现在大卫脸上。妮子继续前行，把那缕死去的头发从阳台上扬下去，仿佛扬下去的是与他们全然不相干的东西。妮子回过脸来在大卫的惊愕与愤怒里一脸无辜。大卫在一种无对抗的战争中将拳头砸向自己脑袋，摔门出去。争吵到此划下一个暂时的休止。妮子的眼泪悄无声息地落下来。

但那扇被摔上的门注定是要再次打开的。只因为他们彼此相爱。这是唯一的理由。尽管他们对这种分不清谁胜谁负的战争充满了说不清楚的疲倦。包括这种一手握矛一手持盾，渴望战出一片晴明的样子。

妮子的头发现在是短得不能再短。妮子再次晃着个刺猬头冲到大卫跟前时，大卫是比任何一次都重地把门摔上了。摔上的门静止了很久。

门外的人没有进来，门里的人也懒得出去。

妮子不得不出门的时候，竟意外地看见了大卫。她想喊他，却怔住了。妮子看见一个长发飘飘的女子走在大卫身边，她那美丽的头发照耀着妮子的眼睛，正是大卫曾形容过的那种，比黑暗还黑，又容纳了阳光的七彩的，连最美的鸟羽都要黯然失色的质地。

那个未喊出口的名字进退两难地停驻在妮子嘴边。

妮子忘了出门的初衷。

败 絮

最近发生的一桩事叫我想起我年迈的外婆。我的外婆没读过一天书，认不得一个字，但她一辈子出口成章，说出过许多智慧、哲性的话。比如她说：烂棉花也有堵窟窿的时候。我现在仍能忆起她说话的神态：目光平静地望定远处，语气平缓，一把蒲扇有一下没一下地扇着。

在我度完蜜月的第一天早上，刚坐进办公室，我的小舅子李老鸹就像个幽灵似地跟了进来。我实在无法理解一母所生的姐弟俩咋会有如此不同的容貌。我的妻子长得……怎么说呢？见过的人都说她像某个电影明星。而她的这个弟弟，咋就长得那么让人恶心，一双白多黑少的斜眼，满脸疙瘩仿佛癞蛤蟆的脊背，鼠牙一龇一脸的痴相。我真是宁愿死都不愿看他第二眼。可他这会儿却坐在我的对面，且脱了鞋！还用手抠脚！又顺手拿了我的杯子喝水！嘴里呜噜着：姐夫，给我安排个好工作吧。

按他的思路，他的姐夫是经理，就有理由给他找一碗饭吃。我心想你也不瞅瞅你那样儿。他却说话了，他说姐夫我没文化也干不了别的，叫我给你看大门吧。叫他给我看大门？只怕连只鸟儿也不从我门口飞了，我的生意还怎么做呢！眼看约好的客商就要来了，我只好忍着气说：好吧，你让我考虑一下。你现在马上离开这儿，我还有个重要的应酬呢。

把他打发走后，我坐在那儿想了半天，也没想出个眉目来。

第二天，去某公司催款的王主管向我汇报情况：款子要不回，公司的窟窿就补不上。我正为此事发愁，我那位小舅子又来了。为什么不让他去给我要账呢？想必其他公司的老板也很难忍受面对他时的那种折磨吧！于是我就忍着气对他说：你跟王主管一起去金达利公司讨账，以后的事由王主管安排，不要再来找我。见我答应了，他满脸的肉都绽着冲我笑，我赶

紧闭目，转过脸去。

三天后，王主管兴冲冲地来汇报，说款子要回来了。这在公司引起小小的轰动，要知道，这是笔连漂亮的秘书林小姐也没有要回来的死款子啊！

旗开得胜，丑到成功。接下来，李老鸹连连要回了几笔款子。根据李老鸹对本公司所作的贡献，我给他涨了薪水，发了奖金，又给他配了最先进的通讯工具。当然，我的真实想法是既不见他的人又能牢牢地控制他。

李老鸹干得更起劲了。

现在的李老鸹已是我们这个圈子里的红人了。好多家公司争相出高薪、送名车，千方百计想聘李老鸹去替他们讨债。

但谁也别想把老鸹从我这里挖走。谁也别想。

就在我为如何留住李老鸹快速转动脑子的时候，李老鸹却在一大早不请自来地坐到了我的桌子边。李老鸹开口了：姐夫，你欠我们万利来公司的那笔款子也该付了吧！时间已过了一天了！

我只觉得眼前一黑，差点从椅子上栽下去。

鬼　赌

　　凤凰山下有个名叫驾鹿的村子，几户星散的人家，家家门前遍植紫竹和枇杷，四季葱绿。有青的山，清的河，宛若一幅明丽的山水画。

　　村人皆勤于稼穑，日出而作，日落而息。唯有汉子张山，隔日自山里拎回一笼山鸟，或一罐蛐蛐去城里卖，也能将就他自个儿的生计。无奈张山嗜赌，所换钱银在口袋里装不了多时，便都一一赌输掉了，于是只好常常饿着肚子，张山就这样困顿地度着他的日月。

　　一日，张山去山中觅鸟，见两只丽鸟在林中婉转啼鸣，舞羽翩然，张山不禁看得呆了，再看那两只鸟，长长的白色尾翎低回缠绵宛如游龙一般，连张山自己也叫不出这种鸟的名字。张山大喜，小心地用捕网捕了两只鸟，再小心地装入笼中。

　　张山一进城，竟遇一白头老翁，愿出高价买两只鸟。张山得了整三贯钱。张山就去一家饭馆美美地喝了一回。张山踉跄着脚步，哼着小曲向家返。

　　天渐渐黑了下来。张山就走到一个林子边。猫头鹰在林子里高一声低一声地鸣叫着。张山看见林子里渐渐亮出几点灯光来，待他走进林子，只见四五个人围坐而赌，有三四个人在旁边观赌，张山大喜，犹如饿猫遇见了咸鱼，挤进人群，坐下来便下赌注。众人谁也不言语，寂静的林子里只有赌具的碰撞声和铜钱的拨动声，几个回合，张山的几贯钱便所剩无几了。

　　张山并不服输，涨红了脸，一句又一句地说：好汉不赢前三把，三十年河东三十年河西。众人谁也不搭理他，都只低着头各自默默地赌。

　　果然，张山的运气便渐渐好了起来，接连地赢，将近天明，张山的面

前便有了好大一堆铜钱。远处一声鸡鸣，赌徒们便一一起身，逶迤而去。剩下张山一人，便将钱装满了褡裢，兴奋而归。

归家，张山紧闭了屋门，将钱币倾倒而出，却见眼前竟是一堆砂石，张山大惊，心以为怪，即呼出邻人。邻人也以为怪，便笑说，张山你莫不是遇着鬼了，昨夜怕是和鬼玩赌吧！听人说，生前嗜赌的人，死后都是赌鬼，既然是鬼赌，鬼是拿不走人间的钱财的。邻人的一句玩笑话，在张山听来却大有深意。

张山黯然良久，踟蹰返回林子，只见昨夜聚赌的林地上布满一地杂乱的脚印，张山用脚踢几个凸现的土堆，踢出来的都是铜钱，数一数，不多不少，正好是自己卖鸟所得的三贯钱。

张山默默而归，三天闭门不出。有赌友来唤，张山便长叹一声：连鬼都拿不走的东西，人又何必拿来拿去呢！

从此，赌鬼张山戒赌了。

上帝的寓言

上帝在某天早上醒来，揽镜自照时，忽然对自己的形象很不满意。上帝想，我是上帝，应该最完美，于是急召天宫最好的美容师来为自己整容。

但上帝和美容师即刻就为难了，因为谁能做伟大的、至高的、独一无二的上帝的参照？上帝思来想去，决定把自己整形成最为完美的全色全能者。

画师来了。天庭里的灯昼夜通明。画师和上帝经过三天三夜的订正修改，终于画出一个上帝看着满意的全色全能者的肖像。这幅画像被镶在宝石和珊瑚为框的相框里，挂在美容师眼前日夜不停地供美容师研习揣摩，要美容师以此为参照，给上帝整容。等美容师对上帝的新形象了然于心后就对上帝实施美容手术。经过美容师三天两夜的整治修理后，上帝再次照镜，他看见镜子里自己的完美形象，深表满意。

这天天使来报，说人间有个国家人人都在谋反，动乱和战争眼看在即。上帝问其缘故，天使回答说，那是一个到处弥漫着骄傲和自大的国家，那里的人走路一律高抬腿，半睁眼睛，鼻孔向天，以此来表达对他人的轻蔑和不满，那是一个谁也不服谁、谁也不尊敬谁的国家。

上帝想了想说，也许正是因为那个国家缺少像我这样的全色全能者啊！这不正是呼唤我从天而降么？上帝嘟哝道，可怜的，渺小的人，让我亲自去拯救你们吧，我的孩子！

上帝决定去那个国家，去当临时统领他们的王。临行前魔鬼求见上帝，上帝对魔鬼夸耀说，像我这样全色全能的完美者，总可以治理那样的国家吧？魔鬼摇头说，肯定不行！魔鬼的否定很伤上帝面子，也让上帝不

解，上帝怒问魔鬼缘故，魔鬼说，虽然您是全能者，但依然不够完美，那个国家的人肯定会给您提意见，朝您放冷箭，甚至当面把您轰下台也是可能的。上帝更加疑惑，问为什么。魔鬼说，比如您的全色，在白人看来您可能太黑，在黑人看来您又太白，而黄种人、棕色人您显然又不是。这就是说"非我族类，不可与信"。上帝听后为难了。对魔鬼说，那要到哪里才能找到治理他们的那个完美者呢？魔鬼说，完美者倒不必，也用不着，因为完美者本身也是不存在的，您派我去就行！上帝仍然追问缘故，魔鬼沉吟说，因为我一无是处。

上帝冷笑，又默然良久，最后用衣袖擦拭眼泪，点头准允魔鬼前往。

在飘飘的仙乐声里，天宫的门次第打开，上帝把魔鬼送到天宫大门外。直到魔鬼矮胖的黑影子消匿在茫茫尘世里，上帝才转身返回到天宫里去。

西湖印象

　　小姚是"西湖饭店"的大堂经理。这天他休假，临时返回取一本忘在办公室的书（这书原是要在假日读的），因此，我们在西湖饭店的玻璃门边相遇。

　　同来杭州的我的同伴先走一步。我真高兴他们能把夜西湖留给我独自看。我目送他们的车在暮色中拐过酒店的栅栏门，消失。我没有回身上楼，而是穿过饭店前的一大片绿萝，用最近的距离走到西湖边。我在湖边一张无人的椅子上坐下，眺望辉煌的灯火把对面的雷锋塔勾出明亮的剪影。即便是第一次来西湖，你也不会觉得西湖陌生，这是悠远的文化对每一个读了点中国史，读了点中国文学的人的浸染。西湖的历史厚重得难以翻搅，虽然一个白天都在游西湖，走过白堤、苏堤，但此刻即便安静回到我的心里，我依然连一点感慨也没有。我隐约想起和这个城市有关的我的朋友，但我忍住给他们打电话的念头。坐到身上寒凉，我起身走到百米之遥的湖滨路上，走进一家咖啡馆。

　　深夜回酒店，看看自己的返程机票，算算我在杭州还有 15 个小时，我决定安然睡觉，醒了再去龙井村问茶，再去丝绸博物馆。

　　嗨，需要车么？在西湖饭店门口，在即将擦肩而过的时分，这个叫小姚的年轻人停下脚步，问我。

　　我停住，思考。然后说，你有车出租给我？

　　是去机场吗？

　　现在不，我要先去灵隐路，然后再去机场。

　　这回该他沉吟了。

他问了我去机场的时间，然后说，三百块钱，我带你去你说过的地方，再送你去机场，误不了。

成交。我说。

按小姚的线路，第一站是龙井村。车子停在一间低矮的屋舍前，一眼井边。小姚说是龙井村最老的井。一个女孩跑过来教我把桶放进井中，汲一满桶水上来，不准说话，再把一桶水倾掉，这样，一年都不生病。我汲水上来，问女孩，既是龙井的水，能不能先喝一口，女孩说，要喝，院子里泡茶！进了龙井村，哪能不招待茶的。

喝茶。面前的大小茶盅放了一片。直喝得我记不住喝过的茶汁和茶叶谁和谁是一家。最后是我回味描述鼻尖舌底的微妙感受，那女孩帮我一一找出对应的茶叶。挑好的一袋袋茶由小姚抱回车上。回望青砖的屋舍典雅，江南的老井深幽。我们去丝绸博物馆。

太阳照耀着树木茶园，敞开的车窗，木香气滚滚而来。我再次觉得和小姚走在西湖无尘的路上真美好。小姚自觉说他的职业，我问，大堂经理了怎还利用假期打这短工？他说，有临时心里一动的分子，更多有以前职业的喜好在。在没去酒店前，小姚就是在这条旅游线上载客的，司机向导一身兼。现在有外地客人来杭州玩，还会打电话给他，想租他的车。但是，平时哪里有空？今天正好遇上休假。他说，大堂经理天天呆在酒店里，有时会想念从前到处走的日子，能结识很多陌生人。跟陌生人交往就像自己去了远方。小姚说。

看完丝绸博物馆，我问在哪里能买到好的丝绸，小姚说，他知道一家丝绸庄，那里的东西品质最好。就在我们返回的路上。不觉说到前晚在"楼外楼"吃东坡肉，我说好吃。小姚说，杭州本地人倒不怎么去"楼外楼"，我说大概就像西安人只有请外地朋友才去"同盛祥"一样吧。小姚看表，说还有去吃东坡肉的时间，他带我去，一家无名小店，味道却是极好的，他请客。

一人一份东坡肉，一碗米饭，一盘油焖茭白、一盘鸡毛菜。在小姚经常光顾的这家小饭馆，我们各自吃光自己面前的东西。我与小姚抢着买单，"我是地主，又是男人，我说过了我请客的。"这是小姚的理由。

　　再次上车时我归拢了自己的东西，付钱给小姚，为的是到机场后他不必滞留。看见小姚的车飞速绕过萧山航空港的弯道跑下去，融进一片车流中，我转身走进机场大厅，把一个旖旎的杭州留在我的身后。

阿姆斯特丹的梵高

那一年，我从法兰克福去阿姆斯特丹。

法兰克福多雨，灰蓝的云朵低低浮在空中，雨能随一片云来，会跟一片云散。在那样的雨中行走，即使被淋成朱耷笔下那些湿淋淋的鹭鸟，我们也坚持不打雨伞。那样饱含湿意的日子使我对即将要去的阿姆斯特丹心怀向往，我猜想阿姆斯特丹会有灿烂的阳光迎接我们，那里的阳光会有梵高向日葵的颜色吧。

阿姆斯特丹的阳光果然绚烂到了炫目，明亮，却冷，因为风大。阳光下，海水呈现着金属质感的蓝，那感觉让我想起一个人，抹了夏奈尔五号香水，站在一片秋天的深林边上。大街上随处可见顶风弯腰费力蹬踏自行车的男人，仓皇追赶被风吹落的帽子的男人，这让我再次想起梵高，梵高的帽子，它反复出现在梵高的自画像里。我忽然想，100 多年前，梵高走在阿姆斯特丹的大街上，是否就是这个样子？那些不笑的男人，他们和梵高一样有高鼻梁，深眼睛，瘦削脸，爱穿深色外套。

从钻石博物馆出来，我在广场上一家又一家的小店徜徉，我看那些梵高在阿尔画下的画：夕阳下的播种者；收获时田野的美丽景象；开花的果园；瓶子里的向日葵……那些画被复制在绢帕上，陶杯上，装在大大小小的画框里，我在那些复制的画前流连，想起梵高作画时时而自信时而气馁的眼神。

后来我看见那个中国男人，他坐在他小小的店门前作画，他的身后也是一些大同小异的工艺品，起初我以为他是在复制梵高的画作，近前看，却不是。他的画布上只有大团色块和流荡的线条，并不清晰地画出什么。他的店和他比邻的店一样，生意并不好，那些游客多是像我这样看一看，最后并不能带走更多的什么。但是作为店家，他们似乎一点没有显出推销的急迫和焦虑，仿佛那样的状况也是满意的，没有理由抱怨的。

因为要等那些挑选钻石的人出来，我索性坐在他画夹旁的椅子上看他画。也看那些从我们眼前走过的散漫的脚。他说"嗨"，停下来，问我，是否从中国来。我说你看得很准。他说很久没说中国话了，虽然阿姆斯特丹有很多像他一样来自中国的人，但是大家往来却不多。他说他来这边有五年了，三年前娶了现在的荷兰妻子，因此更没有理由不在这边呆下去了。看着他的画，我问他是否是专业的画家。他说毕业于西安美院，画油画的。西安美院这几个字迅速拉近我们的距离，我说我就从西安来，甚至他问及西安画界的几个人，竟然都是彼此知道的。熟悉使我们话多起来，他说来之后也想过再回西安，但是回去后才觉得跟西安那边的一切都有些格格不入了，就又回来了。最初他在中国餐馆打工维持生计，后来就申请经营了眼下的这个小店，他说这类店在这边很难看到人头涌动的景象，但是还好，能养活自己和妻子，再说妻子也有一份自己的工作。说这些话时他仍是平静地看着远处。远处，风从广场吹过，有零零落落的人从博物馆出来，走散了。不知道为什么，我仍然问他，没想到带妻子回中国么？他不接话，低头在他的画作上，我以为他不会回答我了，却见他又呵呵笑着说，他妻子1.75米，他只有1.66米，要是回西安，大伙会笑话他这个矮子却娶了个高女人。

又有三三两两的人从博物馆那边出来，中间就有我等待的人。我说，他们回来了，我该走了。他急忙起身，把他的画作卷起来，又匆匆打开，用细的黑笔在那张色彩浓烈的画的下角写上：阿姆斯特丹的梵高。我猜了猜，不知那是他给画的命名，还是他自己的签名，如他的画本身，可以被误读，因此就没有问他。他把画再次卷起，说要送我留作纪念，因为这么多年了，他还是第一次在阿姆斯特丹遇见来自故乡城市的老乡，很有缘了。我深谢了他。留下电话供往后他回西安后联络，虽然心想再见杳然。

今天，整理书房，偶然地翻出了那幅画。女儿好奇，打开来看，忽然惊呼，这是谁的画啊？太漂亮了，简直是疯子的杰作，她说要把画挂在自己房间。

我再次看那一片灿烂到炫目的色彩。我不知道我十二岁的女儿是否是这幅画的知音，她说，你看这画里的东西，仿佛能行走，仿佛万物生长。

　　女儿的赞叹让我惊奇，我忽然想，一个人能在纸上画是幸福的，如果我能，我会画下一群胖大的海鸟，画下阿姆斯特丹那家迷人的海滨旅馆，旅馆门外静泊的桅杆密密的船，一截带雕花栏杆伸向海港的露台，旋转不歇的风车，穿木鞋的荷兰农民，还会画下一个埋头作画的表情沉静的中国画家吧。

红　袖

　　谭文婉原名意歌，小字英奴，是晚唐名士谭从道的女儿。在她八岁那年，父亲客死长沙，家道从此没落，英奴沦入乐籍，被官妓丁婉卿收养。

　　丁婉卿是当年颇负盛名的艺妓，精通诗词韵律，和很多名士都有往来，出入官府，深得诸多官宦的赏识。

　　美丽聪慧，禀赋极高的英奴让丁宛卿想起了自己不幸的幼年，她喜欢眼前的这个女孩儿，她要重新设计她的命运，使她踏上一条新路。丁婉卿视英奴如同己出，对她百般呵护，唯恐她重蹈己辙。

　　丁婉卿悉心教英奴诗词歌赋，希望她借此出息，有朝一日凭此安身立命。

　　英奴果然不负婉卿的一片冰心。在她十六岁时，其文采已名播长沙。丁婉卿经常带着她出堂入会，遍交官宦。

　　郡使周公权宴客，席间有一人出一上联："医士拜时须拂地"，是调侃客人中的一位名医的。一时无人能对，英奴见状，朗声作答："郡使宴处幕侵天。"既赞扬了主人显赫的权势和奢华的排场，又暗讽了其门下食客众多。

　　魏谏议游岳麓山，指名要英奴作陪，他想见识一下这位"长沙才女"。

　　次日两人相携登上岳麓山顶，但见白云如絮，青山似嶂，魏公洋洋得意，吟咏而出："朱衣吏，引登青嶂。"吟完回头笑看英奴。英奴睥睨一笑，款款对曰："红袖人，扶下白云。"好一个"红袖人，扶下白云"，比前句高雅许多，魏公大为欣赏，赞不绝口。魏公欣然替她改名为"文婉"，并字"才姬"。获得显官赐名，在那时是件荣耀无比的事，从此，"谭文婉"这名字不胫而走。

新任府官蒋田也是一位诗词名家。他邀文婉郊游，时间恰巧是在仲秋，但见一望无际的田野上，瓜果霜染，树叶着红，一派秋日的绚烂景象。蒋田信手拈来，低吟道："冬瓜霜后频添粉。"文婉轻盈对答："木枣秋来也着绯。"

刘相镇守长沙时，公余常在湖畔召谭文婉吟和唱酬。一日，他见一渔翁手拎两条鲤鱼走入小巷之中，禁不住吟哦道："双鱼入深巷。"文婉立对："尺素进谁家。"令刘公击节叹赏。

刘相十分欣赏谭文婉，称她为"千古诗妖"，又感叹她的身世，就帮她脱了娼籍。恢复了自由身的谭文婉，成为长沙少年士子的争聘对象，可她不羡豪门，最后嫁给了一个极方正的小官，汝州人张正。

谭文婉凭借诗词工仗而获美好归宿。在那个崇尚诗赋的年代。

舞 剑

她姓公孙，没有人知道她的真实名字。于是诗人唤她公孙佳人，而民间，更多地称她做公孙大娘。大在这里，是第一的意思。

她是女子中的另类，虽然她也贴花黄，把发髻梳成时尚的模样。

她的职业是舞妓，教坊里以跳舞谋生的女子。她的舞也很另类，不是长袖广舒，也不在谁的掌心里跳，她跳"剑舞"，手持两把短剑，舞。

每天下午两点，西移的太阳照到第一根廊柱边的时候，她都会准时出现在红教坊外的高坛上。绛唇朱袖，翩然而来，美丽轻悄如同传说中的那一只狐。那时，红教坊外的高坛下早已被前来看她跳舞的人围得个水泄不通。

人真多呀，真是人山人海，如鸦一片。他们挤挤挨挨，喧哗与吵闹声像浪似的拍打着筑台的柱子。等得她的降临，那声音倏地湮没了。仿佛潮水倒流回海，只留下沙滩上的寂静。静得屏气敛声，静得听得见银针落地的声音。

在那片静寂中，她朝台下的某个地方目光轻扫，眼波流转，兀自嫣然一笑，两手提剑，悠扬而舞。

初时，台下的人还能看得见她手中寒光闪闪的剑，分得清她裙裾上的梅花，渐渐的，就分不清人和剑，剑与人了。只觉得有无数闪着光亮的线条在一团模糊的影子边盘旋萦绕，上下翻飞，随那团白影忽左忽右，忽上忽下，腾挪跳跃，就有忽明忽暗，忽远忽近的风声从四面八方向这里卷来，仿佛千军万马从远处包剿过来，叫看的人只觉森森然冷气逼骨。

正在看客觉得脊背凉透，透不过气来的时候，台上霎时回复到了初时的安静。

再看台上，仍是那绛唇朱袖的女子，白裙边点染着朵朵梅花，朝台下眼波忽地一个流转，兀自一笑，旋即而去。正是台上："霍如羿射九日落，矫如群帝骖龙翔。来如雷霆收震怒，罢如江海凝清光。"台下却是："观者如山色沮丧，天地为之久低昂。"

每天下午两时。西移的太阳照到第一根廊柱边的时候，她都会准时出现在红教坊外的高坛上，绛唇朱袖，翩然而来，轻悄美丽如传说中的那一只妖狐。

照例是教坊高坛下黑漆如鸦的看客，只是这天，如鸦的看客中多了一个白衣的少年，少年身佩长剑，一副侠士的打扮，和众看客不同的是，少年来去都那么安静，因此在沸腾的人群中他竟显得突兀，但没人留意到他，因为他们远远近近而来，只是为了一个目标：台上舞剑的女子。但假使你回眸一瞥，你就会发现少年眼眸中的千般赞许，万般感慨，似清流与浊流，像冰与火。

接连许多天下午，红教坊外的高坛下，如鸦的人群中都会准时出现那个佩剑的白衣少年，他总是觅芳踪而来，随倩影而去。

每天下午两时，红教坊外的高坛下总是站满如鸦的看客，只是这天，他们望得脖子都有些酸麻了，还是没有盼来那个舞剑的女子。这从未出现过的情景让他们百思不得其解。

这是唐开元年间的一个普普通通的下午。

台下的吵闹与喧哗比任何一次都延续得长久，没有人能够收束他们，直至他们无奈地自行消散。

这个下午之后又过去了半个世纪，一个当年看过公孙舞剑的六岁男孩在他五十六岁时回忆当初观舞的情景，他在他的诗里缓缓回望："昔有佳人公孙氏，一舞剑器动四方……"

时光缓缓回转，情景恍如当年。

那个六岁的男孩就是诗人杜甫。

蝴蝶的哀悼

若非亲历，健子永远都不会体味到那种爱人反目所陷入的活着无望欲死不能的滋味。

回想曾经给同样遭际的女伴所说的那些隔靴搔痒的安慰话，健子恨不得自己去撞墙。健子死也不明白那个被自己骂作狐狸精的女子除了比这会儿的自己年轻点、漂亮点外，还有哪一点能比自己更好？可她分明地已是老汪如今掌心里的宝。

健子面目狰狞地质问老汪：十年前，我不就是今天的她吗？老汪说，不是那么简单，也不是如此复杂。爱和不爱都是没有理由的，健子！我只求你放手。

健子不放手。

我死。或者你。健子觉得没有中间道路可走。她无法想象活在一个与老汪无关的世界里的不堪，他活着，却对她从此情同陌路，而她，眼看着他和另一个女人同在一片天宇下上演着爱情故事。

死了。一了百了了。

健子把56度的白酒像矿泉水似的灌下去。她感觉自己沉重的肉体在烈焰之中焚烧，无比痛苦又无限快乐地燃烧，她飞升起来了，她是那只在烈焰之中涅槃的凤凰，从此不再有爱，也不会有恨，她轻盈地飞升着，向着天国蔚蓝的方向。

可健子的脚却沉重地羁留在这个有爱也有恨的星球上。她依然活着。

老汪的第一句话是，为了我这样的人去死，你真太不值了。老汪的语气像风干多年的泥巴，没有一点活气、水汽，却仍能捏一把刀，戳在健子钝钝的意识上，健子听着那割破皮肉的声音，恍若看见一扇大门向自己訇然打开，一股黑光像洪水似的扑面而来，立即就淹没了她。

那是一段灰败的日子，一向骄傲甚至有点矜持的健子忽然成了一个面目浮肿，表情气恼，有些神经质的弃妇。她觉得整个世界都站在了自己的对立面。

单位组织去陕北采风，好心肠的领导特意安排了健子同去。

健子第一次去陕北，她看着千山万壑之中星星般散漫着的牛和羊，耳边掠过那不知从哪一道黄土的褶皱里飘出来的如同天籁一般的信天游，看着在崖畔枣树下剥包谷的老妇人，打量着在日头底下扶犁的后生和跟在他身后往犁沟里丢种粒的红脸蛋的少妇……健子像一个刚刚开始打量世界的幼儿，她看着那一切，目光里一片击不出回声的空洞。健子他们有时候一天要穿过几个县城，漫长的旅程上，疲惫的健子像一株严重缺水的植物。

两辆沙漠王子蜗行在黄土世界里，他们要开到毛乌素沙漠边缘，去那里采访那个植树造林三万顷的石光银，然后一路南下返回。

一日，他们的车子不得不停下来，因为透过挡风玻璃，司机看见无数的蝴蝶在道路上空舞成大块的云团，几乎遮蔽了道路，而且有更多的蝴蝶从远方正往这里赶来。

所有的人都下了车，为眼前的情景纳闷。他们终于看清楚，那些飞来的蝴蝶一只挨一只地栖落下来，它们用身体砌成一堵高高的"墙"，挡住了七只已死的僵硬的蝴蝶。弄明白了，司机就脱下外套挥赶那些蝴蝶，可它们在强大的挥赶下，飞起，又栖落，再挥赶，那些蝴蝶干脆静伏着不动了。心中充满了敬畏的司机说："咱们绕道吧！没想到蝴蝶还会哀悼死者呢！"

两辆车缓缓回倒，绕行，司机不约而同地按响了喇叭，重新上车的健子在那参差的鸣响中泪雨倾盆。健子无限绝望无比伤心地哭着，哭得仿佛五脏六腑都倒出来了。健子说，没有了心，也就没有了痛。

健子回到家里的第一件事，就是在那张协议书上签上自己的名字。准备了全力打算在婚姻这根绳子上拔河到底的老汪没想到健子会轻易撒手，这让猝不及防的老汪着实跌了一跤。

健子讲出这个故事拿出那幅照片是在三年后的今夜。健子说，连蝴蝶也懂得为死者哀悼呢！活着的我祝福活着的老汪。

我看健子拍摄的那幅照片，静伏下华美翅膀的蝴蝶为那几只死去的蝴蝶砌下一堵高高的、温暖的围墙，把风和沙都挡在墙外。画面的边缘，美丽的蝴蝶从远方纷纷飞来。

我说，健子，把这幅画让我带回去发在我们画刊上吧，题目我想好了，就叫《蝴蝶的哀悼》。

老虎与行人

自从三十六岁遇见那只老虎，五十年涼涼如水的光阴里，我爷爷从未停止过对那只虎的想念，他的故事永远以一个肯定句式开场，他是这么说的：木王的老虎多了。

按我爷爷的说法，那时木王的老虎多到一个人在山道走，没准在某个转角就会跟虎相遇的程度。

你听——

人遇见虎的时候虎正蹲在山道上望着烟气腾腾的山谷发呆。虎用不怕被谁看到笑话的姿势恣意着，可人来了。人是个书生。在虎看见人的时候，人也看见了虎，两厢一时都呆了。人先惊醒过来，最先惊醒过来的人想到自己唯一的武器就是腋下的一把油纸伞。一把纸伞作为对付老虎的武器虽说冒险了些，但人还是试了。伞在人的手里一张一合。一张一合。一张一合。第一次虎站了起来，第二次虎打了个趔趄，第三次虎悻悻地走了。

那个书生就是我爷爷。说他是书生其实却是先生。那年他三十六岁，在燕子崖山凹那座破败寺庙里，教授着从六岁到十二岁的 7 个男孩子。其中两个六岁的男孩还跟他同住。一大早就行走在雾气蒙蒙的山道上只是为了能在日出前赶到寺庙里给学生开课。

先生的左腋下夹着一柄油纸伞。山里的雨总是说来就来的，这就是先生就算在大晴天出门也会带一把伞的理由。先生的手里还握着一枝树枝，一来打草惊蛇，二来扫落草叶上的露珠。

虽然道路盘旋而上，又蜿蜒而下，但对我爷爷那双走惯了山路的脚，就是他的脚不去识辨道路，道路也认得他的脚。所以他走得很悠闲，不喘不嘘，嘴里还有一声没一声地哼着山歌。

直到他遇见那只横卧在山道上的老虎。

我父亲在十六岁那年离开那个叫木王的地方去县城工作。按说爷爷遇见老虎的那一年父亲也该在现场成为亲历者，因为那一年他六岁，但是疼爱父亲的我奶奶舍不得父亲过早跟爷爷住到庙里去。这就使父亲和那只老虎失之交臂。爷爷最早将他和老虎相遇的事情讲给大家听的时候我父亲还会幻想一番：假如他当时在场，会怎么样？那时武松打虎的故事父亲已经听我爷爷讲过无数遍了。但是我爷爷说的最多的一个可能是：那样，他的油纸伞或许会失灵！是不是失灵再也没有机会验证了。事实上，爷爷后来在那个叫木王的地方又生活了三十年，但是，他再也没有遇见那只老虎，他连别的老虎也没有遇见过。

可爷爷和那只老虎相遇的情景却从未随他的记忆力减弱而衰退，他总是说：木王的老虎多了！

早些时候，那故事要经我们百般磨缠才会被爷爷讲述，后来人家不那么磨缠他了他也讲，现在，没人在意听了他依然讲。永远以一个肯定句式开场：木王的老虎多了。

我十八岁那年陪父亲去木王接孤身一人的爷爷来城里住。那一年，我看见那个叫木王的地方成为这样一个故事背景的可能已经十分勉强，虽是夏末秋初，但山上一片萧瑟，零星的灌木遮不住一块块皱黑的山崖。为王的树们不知去向何方。

在城里住的爷爷似乎更爱讲那只老虎了，我努力尊重爷爷的故事，可是，再好听的故事听多了，也不那么有趣了吧。

现在我爷爷八十六岁了，他苍老的记忆之上生长了新的幻想的翅膀。他坚持说那只老虎想念他了。他是这么说的："虎在晚年的时候也没想清楚当年遇见的动物叫什么名，虎对它的孙子讲：'真怪呀，它的嘴那么花，大，向着我一张一张的，蛮吓人呢。'"讲完这些，我爷爷那张返老还童的脸上露出十分得意的笑。

"虎的眼睛是灰的。"我爷爷补充说，"是被想念煎熬成的。"

爷爷老了，像他的故事。他时而陷入久远的沉思，时而又像孩子一样

面露天真之色。你瞧他，坐直了身子，手指直直地戳向电视屏幕，大声说："虎！虎！"他说话早已言语不清，但那个虎字，却说得分明。而他眼睛里放出的亮光，恍然六十年前的那个人才有的。

电视新闻在说一只孟加拉狼。那只狼已于上周被当地牧民开枪打死，因为狼吃掉了牧民的很多只羊。定格的画面上，那只狼蹲伏在那里，目光清澈如高天的星星，炯炯地看着看它的人。

母 亲

我要记下小雷的记忆。

我是我母亲小小的朗读者。我五年级了。母亲说，五年级的可以给三年级的人当老师。

母亲的学级停留在三年级。其实三年级她都没能念完，中途辍学帮家里干活了。但她愿意说自己是三年级，"总不能说我是二年级半吧？何况我已经听你念完了你四年级五年级的课本"。我站在屋子的石级上，她站在台阶下，这样，我和她差不多高。两个人能脸对着脸说话。

其实母亲能听我念书的时间不多。即便我能用最快的速度采好猪草和晚炊的柴禾，母亲却总是忙碌的，在这里和那里之间，她常常是风行而来，风行而去。她在镇子上唯一一家国有矿井上找了份能赚钱的工作，她给那家单位做大师傅。我相信母亲烹调的手艺在那里会被多少人喜欢。家里那么简单的饭食都能被母亲做出繁复的花样。不仅厨艺，母亲骨子里热爱她手上做着的任何一件事。她觉得，篮子里的蔬菜能被她的手操持出种种美食，她就该对这些东西心怀感激。她偶尔会说："等我能够买驴肉了，我也给你做一只驴肉火烧。""给你哥哥、姐姐都做一只。"我猜测母亲在井上经见的富裕使她心生挂念。

那些夜晚，我偶尔从梦中醒来，总能看见母亲在一豆灯火下自学语文、珠算的情景。灯光剪出她的侧影，使她看上去像电影里的人物。

我学母亲那样风行来去，我总想巧遇她闲着，我期望我的匆忙追赶能和母亲的闲暇合拍，好让她不用那么辛苦就能获得她想要的书上的一切，那些她心里珍贵无比的文化知识。我偶尔想，我对书本的那份亲近是否也

包含了母亲的热爱？我上中学那年，母亲通过自己的努力成了一家私营企业的会计。她说生活如在这缸里搅淀粉，你用到了力，就能掏出莹白的粉。

沙漠边的黄杨披着金黄烂漫的叶子，这是我熟悉的深秋午后的表情。母亲带着我们洗茜。我们每人的面前都有一个野茜缸，我因为小，面前的缸也是最小的，依次是哥哥、姐姐的。我踩一个小板凳，用擀杖将缸里的茜均匀地搅和起来，使沉淀下去的泥沙草屑浮上来，将上边的浊水倒出，再倒入净水，再次搅和，反复淘洗，就有莹白的淀粉匀匀地躺在缸底了，用晾干的淀粉压出的粉条就是我们冬天最重要的食物。把粉条用不同做法变出不同味道，也是母亲比别家的母亲多一份的才能。母亲每天在上下班的间歇都要搅满满两缸茜，我的小缸比邻着母亲的大缸，为的是近了好说话，有时候是为她背一段书，有时候是给她讲一个故事。每一页写满了字的纸都使她敬重。那些被我写过字的纸，都会成为母亲的收藏。有时候我给她念书，等念完了，抬头就看她呆呆地在看我的嘴唇，仿佛我的唇齿间藏着天大的奥秘。我有时候会想，这世间还有比我母亲更爱书的人么？

付出努力就有回报。这是我母亲的朴素哲学。

我考上大学，母亲比我还欢喜。她弹了最好的棉花给我缝被子，尽管学校有统一配给的被褥。母亲念着孟郊的诗句："慈母手中线，游子身上衣……"她说，"我要给你手工缝一件衣裳就把你扮土了，有一件棉花被在你身边，妈心里暖。"

母亲一直想要给家里打一眼井。那样，她栽在门前的葡萄就能得到灌溉，就会有累累的果实，种在后院的香瓜、西瓜会有意料之中的好收成。沙漠比早先可是绿多了，这些年气候也似乎一年比一年好了。这都是种树的功劳，母亲总这么说。我们家在镇子东头盖了房子，邻着大漠，一天到晚闻得见大漠上畅快的芳菲之气，四季的变换就在黄杨树梢上。日子一天比一天好，母亲总这么说。那眼母亲渴望的、蓄满沙漠清泉的井也打出来了。可是，母亲想要的好日子真正来到的时候，为什么母亲却撒手不过了呢？她那因为节育手术、阑尾炎、胆结石、胆囊炎留下四道疤痕的身体上又多了一道更可怕的刀痕，但是这也不能挽救母亲的生命。她的生命决绝地走上他路，不听她心里的千般留恋与呼唤。即使是被巨痛碾压，她也决然承受，母亲像是和死神掰手腕，不被最后掰倒，就不放弃。病魔没有让她消停一刻。连杜冷丁都不能休止她的疼痛了。在睡梦里，她的眉头都是锁着的。她彻底躺在那里了，她说自己这下闲着了，疼痛稍缓的时候她让我给她念书，我给母亲读《路遥文集》，努力使语气平静愉快，像我年少时候母亲健康年轻、能够风行来去的那些日子一样……

愉快的表情再次在母亲脸上浮现，"儿子，下辈子，我要转一个读书人……"这是母亲弥留之际留给我的话。

父亲听凭了我的选择，葬母亲在沙漠边上。那里毗连大漠，能听得见风吹黄杨树叶的声音，露珠、雨滴和雪花落在沙地上的声音。在那边，也能望见她一手创建的家园，西瓜和甜瓜在井水灌溉下生长的美好声息她感觉得到，紫葡萄累累悬挂的样子一定会让她心生欢喜。

我给母亲栽了柏树和松树，那是些生长缓慢的树。因此我又栽了一株槐树，一株杨树。我想我往后可以坐在树下给母亲朗读，而不必担心风啊雨啊日头啊会妨碍我们。

我想什么时候给母亲朗读就能什么时候朗读，只要是母亲愿意倾听。

好大雪

说的是扈三娘。《水浒》中可数的女人之一。她是个美人，见过她的男人这样描述她："别的不打紧，唯有一个女儿最英雄，名唤一丈青扈三娘，使两口日月双刀，马上武艺了得……"再看这三娘出场："雾鬓云鬟娇女将，凤头鞋宝镫斜踏。黄金坚甲衬红纱，狮蛮带柳腰端跨。霜刀把雄兵乱砍，玉腕将猛将生拿。天然美貌海棠花，一丈青当先出马。"再看她武功："马上相迎，双刀相对，正如风飘玉屑、雪撒琼花。宋江看得眼也花了。"

这个英武了得的女人后来的命运却背离了她的性格，她混迹在有杀亲之仇的莽汉中，甚至当她陷身于一桩滑稽婚姻时，她也哑着，不反抗，连一个冷脸也没给过谁。读书人每每读到这里，总要心生不平。一夜重读，恍惚听见一个声音在耳边这样说——

与梁山即将开战的阴云在庄子上空笼罩很久了。男男女女，老老少少的平静日子被打乱，人像大雨来临前的一窝蚂蚁。唯有父亲，看上去还是那样庄严平静，只有他眉头偶尔的一挑泄露内心的秘密：战争会是残酷的，他要对一庄老小的命负责。

梁山上聚集的那群人，在胸怀儒雅的父亲眼里，无疑就是一群强盗。那些外出的庄客道听途说来的消息加重父亲心里的反感，作为正经良民，我理解他的情感，他是容不得一个人恃强霸世的。那段日子他请来最好的教练，加强庄子里的军事防御。为了设置暗道，一棵棵高大的白杨被伐倒，它们倒下时我心凄凉。覆巢的喜鹊在空中盘旋，发出尖利愤怒的鸣叫，像是要用尖叫啄破树下捣乱恶人的脑袋。我的父亲忧戚地看鹊，平定地看我们的脸，沉声说，卫国从保家开始，谁让我们住在土匪的鼻子底下呢。

听说梁山上的头目已经有一百多了，每有一个人物投奔山上在庄子里都会被纷纷议论，他们的身世成为我们议论的话题。

我说，那林冲呢？你说过的，他是不肯同流合污的孤独英雄。父亲说，当然，也就林冲了。

听说林冲的名字很久了，知道他叱咤东京的威名，知道他沧州草料场盖地大雪中无路可走的窘迫，知道他梁山上不见容于王伦的尴尬……冬去春来，他的事被匆匆忙忙、奔走不歇的庄客带来，又带到远方去。我的哥哥，我未来的夫君更像是忠诚的说书人，一遍又一遍地言说，把他的经历流传为故事。

"要是能跟他研习枪法，肯定有益。"哥哥说。"听说他傲气得很呢，他不屑的人休想有近他身的机会，远远就让他用枪挑了。"哥哥又说。

我未来的夫君更是异想天开，他深信林冲的枪要是肯投到天上去，一定能掷中飞翔的大雁。"要是我能跟他相遇，我就邀请他去打猎。他应该是喜欢打猎的，打了野猪我帮他烧烤。"他认真地说。

不知怎的，我们谁都无法把他归于我们的敌人之列，虽然战争在即，犹如箭在弦上。而两军对垒时，他的脸上会有寒霜一般的杀气么？

战事还算顺利，一战二战都以三庄的胜利告捷。

梁山第三次攻打祝家庄是在黄昏。

厮杀从黄昏开始直到如刀的一弯月亮斜挂树梢。马蹄得得，耳边的厮杀声渐远，我发现我已经跑出了弥漫庄子的血腥气息。那个伏在马背上仓皇狂奔的黑汉才是我的目标。是的，我要擒拿住他，宋江。我听见风在我的宝刀上弹奏出铮铮的鸣响。

我的奔驰止歇于百步之外那个人的拦截。我看见他站在月光下，月光照耀魆黑的林地，却反衬出他的明亮。

数十骑骑兵簇拥着一个壮士——林冲。他立马横枪，静在那里，如同被云翳半蔽的月亮，忧郁却又光华自现。

山林一时寂静，连马也停止了嘶鸣，只听得见夜鸟的梦呓。我再次听见风在我的宝刀上弹奏出铮然的鸣响。

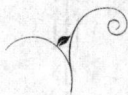

刀枪相向，不知谁先迎向谁。最后我看见我的双刀柔软如练，幻化成两道白光，弃我而去。我看见我的腰在他的臂弯里，我的脸在他的肩头，在我一生跟他最为贴近的一个瞬间里，我看清他的瘦削的脸，他深邃的眼睛，我看见他低头打量我的脸时，他眼睛里如火把照耀井水的粼粼波光。我闻见他铠甲上有树叶的味道。

林冲。

我不知道我命中如墨的黑暗会接踵而来。死了父亲，走了哥哥，那个约定要娶我的男人已先自变成尘土。而那个粗蠢的手下败将却成了我的夫君。世界恍如一张巨大的滑稽的笑脸。

那是我记忆中最寒冷的一个冬天，我看手中的宝刀，看见眼泪如夏天的白雨点落在刀刃上，溅出蓝色的火焰。"卿本佳人，奈何从贼？"我的宝刀它在说话。

我和我的宝刀相视而笑，我感觉它温暖的抚慰在我的脖颈上。我听见风呼啸而过，我闻见记忆中熟悉的树叶的味道。林冲站在眼前。

我看见他被严霜封冻的瘦削的脸，他眼睛里灰一般寂灭的哀痛。我听见他肺腑深处的叹息声：一个人连死都不怕，这世上就没有什么是不可以忍受的。

大雪从天而降，落在两人之间。咫尺天涯，我们是两棵永远无法靠近的树。

梁山上的日子是粗糙，苍白的，我像那个隐忍的人一样深怀心思，如独花寂寞开放。北上南下，急急的征尘中，我是他们眼里那个能征惯战的"哑美人"扈三娘。我想我总有一天要死的，假如能死在与他一起的征战中就是上天的恩宠了。

这一天总算来了，不迟不早，在它该来的时候来。

这一天华丽盛大，犹如我的节日。

你看看我的出场你就明白我的心思："玉雪肌肤，芙蓉模样，有天然标格。金铠辉煌鳞甲动，银渗红罗抹额。玉手纤纤，双持宝刀，恁英雄煊赫。眼溜秋波，万种妖娆堪摘。"

因为节日，就当以节日对待。让鲜血开成花朵。

　　我在飞翔，恍如多年前。我看见我的眼前银光四溅，在赴死的一瞬。我看见头顶阔大无边蔚蓝的天空上只有大如花瓣的雪花纷纷而下，携带着树叶的迷人气息。

　　好大的雪！我听见我情不自禁地感叹声。

　　一场稀世罕见的大雪消失了世界的界限，万物的踪迹，只剩下一片白茫茫，大地真干净。

　　好大的雪！我听见我的声音和他的声音合在一起，不分彼此。

不 见

她死在风华绝代的年纪。她成了回忆者心上的一朵花。每一回眸，尽是生动。

没有比李夫人更自恋的女人了。如果风会说话雨会说话，那从她耳边吹过的风，自她腮边飘过的雨，都会坚持这么说，这是一个顶顶自恋的女人呢。

这点，她的哥哥，那个著名的音乐家李延年就看得很清楚。他用他的歌给她画像："北方有佳人，绝世而独立。一顾倾人城，再顾倾人国。宁不知倾城与倾国，佳人难再得。"歌声婉转清凉，余音袅袅，有无限的美与惆怅。那一刻，音乐家也深悟了音乐的美，即在于永恒的难以企及，在于青春和美消失后的无尽惆怅。

凡人难以掌控自己的命运，他想。但即便凡人，也有去为命挣扎、尽力的必要。他要为她这个不该是凡人却脚踩泥泞的妹妹尽自己的力。因为他爱她、依恋她。他常常陷入冥想，觉得自己才是这世间唯一珍爱她，了解她的男人。这样想的时候他有点伤感，因为他是她的哥哥，她是他的小妹。他经常眼睛看着别处，心却在她那里，他的深情无法言说。他只能在他的歌里唱，他像是要用歌声宽慰歌中人，但他其实只安慰了自己。他用婉转悠长的调子把一个个喧腾又寂静的春天夜晚送走，虽然他的歌，恰像春天旷野上的长风，使被吹拂的人心里起了动荡。当然，他不枉是优秀的音乐家，是颇得武帝欢心的宫廷乐师李延年，他做的曲子他的歌，感动听者是经常的事情。

现在，他要把这歌唱给那个该听到的人听到。他要当她的脚，他要引领着她走，走到那人眼前。

那时，汉武帝的后宫佳丽多到一万八千人，但自从王夫人死后，却没有谁能得到武帝专宠。李延年觉得自己深藏的心思到了豁然开朗时。

一天，武帝在宫中举办家庭酒会，招李延年侍宴。待到酒酣，时机恰好，李延年起身，说要给皇上献上自己新作的一首歌，说罢起舞，边舞边唱。歌曰："北方有佳人，绝世而独立。一顾倾人城，再顾倾人国。宁不知倾城与倾国，佳人难再得。"

汉武帝招纳美女无数，却不料还有更优异的遗失民间？比如这歌里所唱的绝世女子？当时心里半是好奇半是怀疑，不禁叹息说："世间哪有你歌唱的佳人！哄朕不成？"在座的平阳公主揣摩到李延年的用心，粲然笑对，这样的女子她倒是见过的，跟歌里唱的不差上下。武帝急问人在哪里？平阳公主说，即是李乐师的妹妹。武帝更加好奇，恨不得即刻宣进宫来一见。

第二天，李延年的妹妹就进宫了。一见之下，汉武帝只说了四个字：妙丽无双。欣然纳为妃子，号李夫人。

由此后宫只宠李夫人，宫中无人不艳羡嫉妒的。一天武帝去李夫人房中，忽然头痒，就用李夫人的玉簪搔头。这事传出，后宫人人仿效李夫人，在发间插一把玉簪，使得长安玉价顿时高涨。

不料天有阴晴，月有圆缺，李夫人的后宫幸福生活只过了几年，却染病在身，无药可治，直至病入膏肓。武帝问医医无术，问天天不语，心疼难耐，每天必要亲自去看她才觉稍安。开始李夫人见武帝来，还能哀哀切切，诉说恩情，往后武帝再来，李夫人决然以被覆面，不见武帝了，任谁劝说也没用。侍女不懂，武帝更不懂，俯下身来，轻言劝道：拒不相见，朕心难忍！李夫人说，久卧病，容已销，不可再见，愿记从前。武帝费尽口舌，终究不能见，心里万般惆怅。李夫人到后来知道自己活不成了，干脆令宫女把寝室里所有的镜子都搬走，让所有能照见人影的东西都远离自己，只求速死。她求死的急切似乎只有被深埋进黄土，那颗空悬的心才能放下。李夫人最后给武帝的留言就是，妾死后，恳请陛下万不可见妾遗容，这样，妾在另一世界才能不自贱，不惭愧，唯有感激。

武帝听了李夫人的遗言。欷歔掩泣，悲痛不已。

汉武帝用皇后礼安葬了李夫人，命画师将她生前的美好形象画下来，挂在甘泉宫里时时怀念。

只有音乐不死，随李延年的歌声在时光里唱。年复一年。

有一天，李延年唱到"绝世而独立"那句时忽然咽住：他忽发奇想，若是她美丽的妹妹能活到老，她能容忍自己松弛的皮肤和脸上的皱纹么？

他叹了口气，长长地叹了口气。

遇见红灯向右拐

他们从酒吧出来，已是凌晨两点钟了。车辆稀少，街道空阔，行人几乎不见，最后一班交警也早已下班。这样，他们才能把车子在街道上开得像是跳舞一样。

红灯亮起时，他却能及时刹稳车子。让坐在旁边的她由此判断，他把车子开得扭扭捏捏，并不是因为喝酒的缘故，而是他想这样开。

等绿灯的时候他们都不说话，阿菲的歌从背景音乐脱颖而出，满满地流淌在车子里：

"爱上一个天使的缺点，用一种魔鬼的语言……"

五个小时前，他们相遇在"真爱"酒吧里，一大帮真正陌生却又似乎能找到相熟线索的人的一次偶然相遇。一圈子介绍下去，一片啤酒瓶磕碰出的脆响中就算熟人了。

接下来不像开始那样喝得气势汹涌，改成了慢慢地喝。开始唱一些歌，有一些慷慨的掌声。后来似乎觉得彼此没有必要这样客气，索性想唱的就唱他的歌，想说话的只管说他的话，谁想干什么谁就干什么吧。

她挤过去找歌唱。他挪了挪屁股，殷勤地说，想唱什么歌啊，我替你点。他不会点，她也不会。折腾了半天，她的歌出来了，是王菲的《流年》：

"你在我身边，打了个照面……"

她看着荧屏唱。他看着她的嘴唱。

停顿的时候，他就给她鼓掌。眼睛里全是笑，真真假假，却很明媚。

"你还唱什么啊？瞧我刚学会了点歌，总不能这样白白浪费掉了才能？"她唱完一首，他立即说。

她大笑。他就说,有合唱的歌吗?你说一首我们俩唱。

她想了又想,老老实实地说,我记不住歌名。他就点了《双截棍》。听原声。

一首首唱下去。他会自觉不自觉地把手臂伸过来,环一下她的肩,或是在她的头发上抚一把。

她感觉到了,可觉得没必要太认真。回过眼睛去看带她来的人,酒已经喝到七八成了。她偷偷看他一眼,说热,坐得远了一些。

他说:"热?干吗不把外套脱了,你的体形也不是太难看!"

她想这人是怎么说话的啊,看他的眼睛,却见他并不看她,就赌气似的把外套脱了。他像是早都忍不住似的一笑:"你早该脱的,这里这么热,你也不怕待会儿出去感冒了?"

她现在才明白他起身两次都是去调空调的,心里莫名的动了一下。

发愣的片刻,听见他的声音:"等一会儿走,我送你回去,好不好啊?"

没有说好,也没有说不好。想,有那么多人,谁知道谁会跟谁顺路呢?在刚才简单的对话中她知道他今天下午才到达她的城市,他请他认得的朋友喝酒,朋友又唤了朋友,朋友的朋友连带上朋友就连带到她这里了。

她去了趟洗手间,出来就见他在埋单。见她回来,看着她的眼睛说:"我送你啊!"

还是上了他的车。因为带她来的哥们儿也上了吧?他依次送他们几个人,最后是她。

第三个人下去的时候,他说:"你坐到前面来吧。"

"我没有要害你的意思。"他似乎笑了一下。其实她没有看见他笑,但忍不住这样去想。

"你坐到前面我觉得心安。"

"你可别指望我会带路。前面路口向南走,我还能说清楚,你要是走别的路我也许就说不清楚了。"她跳下去,坐到副驾驶位置。

红灯再次亮起,他说:"下一个路口,如果还是红灯,我们不等了,向右拐。遇见红灯向右拐，你同不同意啊？"

有一瞬间，她想到了家，想到了床。她想这会儿要是能立即回家，洗个热水澡，躺在自己的床上，翻书到天明，是一件幸福的事情。很多个周末，她就是这样过的。可她却说："好啊！只是那样，也许我就真的不能给你带路了，你也许不相信，我经常坐车坐过了站的。"

下一个路口，红灯。他像提前预言的那样，立即右拐。车子开进了一条更宽的马路。十分钟后，又是一个路口。绿灯。他接着直走。直到再一个路口。红灯，他流畅地右拐，车子进入了一个窄小的胡同。他们看见胡同两边的梧桐树巨大的枝干俯压在道路之上，形成好看的穹门，不由得同声赞美胡同的幽静，住在胡同里的人的安宁。

出了胡同，是一个小小的十字路口，没有红绿灯，他笑问她："往那里走啊？"

"向右拐！"她大笑着说。她早已迷失方向，所到之处只觉得陌生，还有新异感。她从来没有以这样的方式在这个城市行走过。而今夜她终于知道这个生活了多年的城市竟然有这么多她从未到过的地方，有她不曾看到过的夜景，黑暗以及明亮。她觉得这个城市阔大、空旷，有点美丽，也有些粗糙。真是恍惚如同梦游一样。

这样拐下去能走到自己的家吗？虽然南北不分，东西莫辨，可她却很想问他一个问题："你知不知道这个城市是一座方城，不知我们今天这样转下去，转回原地的概率有多大？"

"要是能画出今夜的行踪路线图就好了。"她心里不无遗憾。

"要是越拐越远，拐到城外去了呢？"这种概率也应该是有的啊。

她是不讨厌他的，而他，分明正喜欢她，这就是他们听由车子右拐下去的理由吗？

有一瞬间，她觉得自己的身子疲惫极了。她的疲惫的身子充满了对床的渴望，她觉得他说话的声音越来越遥远，隐隐约约，如在梦中，如梦中人语。

王菲的歌在午夜里唱，叫人觉得唱的人和听的人都有一种微醺的感觉。她的脑袋只需要一个可供停靠的地方，它似乎真的找到了停靠的地

128

方，一下子就踏实了，安宁了。

她是一下子清醒过来的。从他的肩头望出去，她看见一棵绿阴匝地的枇杷树静静地立在草地上，像她每一个晨出暮归时看见的那样，站在那里，默无一言，不惊不奇地看着她。视线收回，聚焦在他的脸上，她看见他舒舒服服地靠在椅背上，正静静地笑望着她。

车窗外面，是她家小区的一个路口，车子静静地泊在路的右边。

"我是不是睡着了？"她问他，突然觉得十分的不好意思。

他嘴角一翘，算是回答。

王菲还在唱："紫薇星流过，来不及说再见，已经远离我，一光年……"

"你怎么知道我家住在这里？"

"喝酒的时候我问过你。"

"那我告诉你了吗？"

"应该是告诉了的。"

"可是，你今天下午，哦，是昨天下午，才从珠海来！"

"你的家又不在外星球。"

"可你还是叫我吃惊。"

他莞尔一笑。牙齿洁白，眼神明亮。

她看见在他的身后，太阳光把几片枇杷树的树叶照得亮闪闪的。

她跳下车，又回头冲他招了招手。不知道是说"再见"还是说"你回去吧"的意思。

他冲着她的背影"嗨"了一声。

她没有再回头，一跳一跳地走了。

浣　纱

微风过处，悠隐的歌声缥缈而来：

> 采莲南塘秋
> 莲花过人头
> 低头弄莲子
> 莲子清如水

　　那是东施门。西施很羡慕她们的那份热闹，可茶商父亲说，你是苎萝山下最富有的女孩儿，你是全越国最美的女子，你怎能混迹于草莽之间呢？你一定能出人头地，你需要的只是等待。

　　父亲总是对的。很小的时候，西施就从打量她的眼神里，赞美她的嘴巴上明白了自己的美，她是自知的。可这美丽并不叫她多一份快乐，反而让她陷入了孤单。她很想涉过河去，随东施们一起戏水、采莲，可她明白，能坐在这青石边，摆弄手中这条聊胜于无的纱，就已经很奢侈了。她是一块待价而沽的玉。

　　西施轻叹一口气，她看见一只红头绿尾的蜻蜓点着水面飞过溪流，飞进了远处的莲塘，一种类似于愁绪的荷香清清凉凉地飘过来。

　　西施照见溪水之中自己那张盛名下的脸，她看见成群的鱼儿在她的脸边沉沉浮浮，吐出无数的小水泡，仿佛在唱着赞美的合唱。西施小心地向鱼们伸过手去，她看见那些鱼并不躲避，反而游过来，啃啃她的手指，弄出一片喋喋的声响，惹得西施忘情地抚掌大笑。

　　忽然一颗石子落在那群鱼中，鱼儿倏地不见了，西施只看见无数道涟漪在水面上一圈圈扩散，一个声音从身后传来：

"在下越国大夫范蠡，敢问美人就是西施？"

从天而降的消息并没有带给西施多少震惊，她的生命里注定了是会有无数奇迹的，而她本人，就是为了制造这些奇迹而专门被上天派到人间的。

没有选择，也无需选择，父亲那张兴奋不已的脸早就表明了一切。

淋浴。更衣。当晨光再一次给苎萝山披上纱衣的时候，西施登上马车，在辚辚的车声中随范蠡走了。

说真话，她对眼前这个四十二岁的男人充满了好感，他的温厚与细致的呵护让她感到父兄般的温暖。他向她讲越国的政治，讲他经商的经历，讲他生命中一个个奇迹一段段坎坷，那种成功男人才会具有的平静与从容从他身上散漫出来，让她心生喜悦。她热切地回应着他，她给他唱那些在苎萝山下的日子里偷偷学来的小调。他真心地夸她聪慧，语气里满是欣赏和慈爱。当他跟她谈越王的报复、勾践的计划的时候，她又看见了他目光中闪出的寒光，他详细地向她叙说计划的全部内容，这时候，她又分明地感到他们是战士，是同一战壕里的战友，她从他的目光里看到了期许与信赖，还有万语千言也无法表达的重托。这让西施坚强，她感到自己的生命因为有了这重托而崇高。

接下来的日子是战前的磨刀。西施在勾践专门请来的乐师和舞姬的指导下学习演奏和歌舞，又跟着礼仪师学习礼仪。这些对于西施来说似乎是极容易的事。那些仿佛都是她随身俱来的东西，她只是暂时将它们搁置在了什么地方，她现在只是将它们重新拣起来而已。无论用多么苛刻的眼光打量，现在的西施都是块光艳无比的玉，可越王说，还要训练、还要等待。三年时光就在这日复一日地准备与等待中过去了。

当范蠡再一次站在西施面前的时候，西施知道出征的时刻到来了，而与范蠡的分别也在眼前。没有太多的离愁与感伤。西施看见范蠡将一块玉佩悬在她的裙边，身无长物，西施只能剪下一缕青丝，权当做两人的盟约。西施听见范蠡说，此生契阔，姑娘此去，请一定珍重，成功之日，我一定站在姑娘身边。

宝马香车,珍罗异奇,西施随众美女一起入吴国觐见吴王夫差。

不出勾践所料,西施果真被夫差宠幸。吴王夫差为美女西施建春宵宫,筑响屐台。吴王还专门为西施制作一种精美的鞋子,穿着它,就能舞出铮铮的舞步声,这就是有名的"响屐舞"。这期间,范蠡以商贾的名分旋于吴越之间,随时打探西施的消息。而卧薪尝胆的越王勾践,咬牙切齿,厉兵秣马,以图早日东山再起。

西施是快乐的。她须是快乐的。她是这快乐的制造者,也是这快乐的分享者。她在这快乐中开成宁静的莲。只有在梦中,她才能看见范蠡,她梦见越国的士兵打进吴宫里来了,一片呼喝声中她看见范蠡静寂地向自己走来,西施听见自己说:你终于来了。

西施果真就听见了呼号声,她从罗衾中爬起来,那声音分明地又清晰了些,当她终于明白这不再是梦境的时候,她果真就看见了范蠡。

他说的第一句话竟然是:我们成功了,我来接你走。

当不再看得见火光,不再听得见兵戈的撞击声和士兵的呼号声的时候,西施看见自己已置身在一叶小舟上,她看见范蠡月光下站立舟头的身影,依稀无数次梦见的那样。时光仿佛并不曾改变什么。

可真的没有什么在时光里被改变吗?西施听见心中一个声音忽然冒出来。

抬眼望去,水波浩淼,只有桨橹击过湖水的声音。

西施又闻到了许多年前在苎萝山下的溪水边闻到的那种幽隐的荷香,她仿佛又听到了那遥远的缥缈的歌声:

采莲南塘秋

莲花过人头

低头弄莲子

莲子清如水

望着眼前的那个背影,西施喊:范蠡!

琴　挑

那段姻缘如同白日的一个小寐，短暂得连梦都没来得及做，就醒了。醒了，她却是新寡的妇人。

文君又回到了父亲家里。父亲卓王孙开铁矿成为临邛县最富的人，家里的财产多得怕是连他自己也数不清，光童仆就有八百人。寄居在父亲的豪门里，吃穿自是不愁，而且父亲也极疼爱她，可她的心却穿越了这锦衣玉食的日子，在寂寞中，开成父亲豪门边一朵探头探脑的喇叭花。

春天来了，临邛的春天总是多雾，万物都笼罩在这如纱的烟雾里，像惆怅，像不知所来无处放置的心事。文君坐在窗前，望着满园春色，轻挑慢捻，一曲琴音便从指边如水流出："青青园中葵，朝露待日晞。阳春布德泽，万物生光辉……"她唱着，她看见梨花如雨，在琴音中静静地落："寂寞空庭春欲晚，梨花满地不开门……"

卓王孙家里这几天异常热闹，卓王孙一改往日家长的威严，连走路的姿势都变了，笨拙而夸张。办采买的小丁更是忙碌得像一只高速旋转的陀螺，小丁说，老爷要宴请一位神秘的大人物。

传说这位神秘的司马大人衣袖飘飘，风度翩翩，在大街上驾车行进时，目高于顶，视人如若无物。而他的那几个跟从，更是趋前忙后，倾耳而听，侧目而视，对司马大人奉若神明。更有深意的是那个平日颐指气使，威风八面的县令王吉也对他早也请安，晚也问候的，小心翼翼的样子不由让人心中装满蹊跷。

这蹊跷在卓王孙那里更是反应非常，一向八面玲珑做人，小心谨慎做事的卓王孙眼看着县令大人如此这般，就跟本县另一富商商议，一起去拜见司马大人，并由卓王孙出面为司马大人接风，顺便套套近乎。

几番周折，日期总算定了下来。

宴席就设在卓王孙家里，为了显示排场和诚意，卓王孙把临邛县有头有脸的人物都下帖邀请到了，共计有一百多人，一起来为司马大人作陪。

到了宴请这天，卓家门前停车场上车马停了一大片，拴马桩早都不够用了。所有的人都站在庭院当中，翘首等待司马大人的莅临。终于眼盼到司马大人的豪华马车稳稳地进了院门，企盼的人如遇大赦，目光里充满了感激，刚才交头接耳、十分紧张的气氛，现在变得轻松而热闹，大家一齐鼓掌，为司马大人的风采倾倒，果真是非凡人物呵。卓王孙更是觉得自家蓬荜生辉。脸上堆满受宠若惊的笑容。

酒宴开始。卓家的乐队开始演奏。所有的人轮番向司马大人敬酒，赞美的言辞在空中飞来飞去。酒酣耳热，司马大人也放下了初时的矜持，变得平易热情起来，大厅里一时和风畅美。这时，只见县令王吉轻轻捧过一把古琴，高高举过头顶，吟诗一般地唱道："听说司马大人您喜欢弹琴，我们恳请您在这欢乐时刻演奏一曲，哪怕我们不配欣赏您的音乐，您就只当是您自己娱乐也成呵！"司马相如听着这等拍马的话，想要拒绝也太不合情理了，于是就半推半就地看着王吉把古琴奉送到眼前，而后屏气敛眉，指尖轻点，轻轻弹奏了一个过门曲子，即刻引得如雷鸣般的喝彩。

这时，只见客厅通往内室的一道门边，门帘轻摇，倩影一闪，司马相如机敏地用眼角一扫：好一个俏丽的女子！他的脸上掠过一丝不为外人察觉的微笑。

文君站在那帘子后面已有好长一段时间了，这段日子以来，父亲的紧张勾引起她心中深深的好奇，直到今天，她看见父亲和众乡绅对来人的恭维，听着他们阿谀奉承的话，她禁不住在心里好笑，可她分明地喜欢眼前的这个风流人物，她打量他那张俊朗的脸，他那线条优美、棱角分明的嘴唇，特别是从那张嘴里吐出的每一句话，真是字字珠玑呵！直打动到她的心眼儿里去。

她看见他的眼波流向她这边来了，她心里又惊又怯，又喜又怕，但她并不就此离开，她才不离开呢！这样雅致的人物，怕是踏遍了临邛的山水也再难找到，怕是用卓家的钱财也难求得！她在帘后轻移莲步，让裙子弄

出细小的窸窣声。

　　想象着帘后的妙人，司马相如微微颔首，深情款款地送出一曲《凤求凰》，音乐和着歌声飘向那道深深垂着的珠帘：

> 凤兮凤兮归故乡
> 遨游四海兮求其凰
> 有一艳女在此堂
> 室迩人遐毒我肠
> 何由交结为鸳鸯

　　相如偷眼看那珠帘，但见人影依稀，玉人仍在，于是，相如态度更加虔诚，琴音越发大胆，歌声更加嘹亮了：

> 凤兮凤兮从凰栖
> 得托子尾永为妃
> 交情通体必和谐
> 中夜相从别有谁

好一个"中夜相从别有谁?!"
余音绕梁，不绝如缕……
回眸文君所在，只见帘珠摇曳不止，一缕兰香芷气袅袅隐隐。
当夜，卓文君随司马相如私奔了。

诗人与酒

老马在一家晚报当记者。我俩同行。

但我俩相识，却是缘于诗歌。时间大约在十年前，因参加一个诗人聚会而相识。当时，老马已是一颗诗星，正在冉冉升起，而我也不辞劳苦，勤奋写作，基于此，我们互称诗友。老马后来出过两本诗集，诗集设计大方，装帧精良，那全得益于老马为企业写报告文学的结果。两本诗集之后，老马为他的诗旅打上了"行车至此，请改道"的指标牌。从此，一心一意地为企业家写传记去了。老马说，从前的感觉就像兴碌碌上山，上到半山腰的时候挺不住了，然后又返回到山下，痛苦过一段时间之后，你就会发现山下的生活也挺好的。

也许老马真的生活得挺好的。因为褪去了从前那个黑瘦的老马，新生了现在这个白胖的老马，脸上是一片高天般的宁静，像羔羊般的亲和与良善。

要找回从前的老马，现在只有在酒桌上了。

从前的老马是不喝酒的。虽然喝酒在我们这个城市就像某些城市喝茶一般。去掉了诗情，新添了酒意，老马依旧是朋友链上不可或缺的环节。

酒桌上，我们热爱老马，有亲爱的老马在，这酒就能喝出快乐、喝出盎然的情趣。

嗜酒的老马，日子十有八九是绯色的，于是，关于酒的故事就被演绎了一出又一出。这里捡其一二。

片一：为了那篇感人的传记，赫赫有名的金老板答谢老马。金老板中学时代就梦想着将来当一个作家，可历尽沧桑之后他却成了一个成功的商人，因此他对老马的文章打心眼里尊敬。金老板请老马喝国酒，并请文化界的几位名流共宴。老马这一次醉得十分彻底，十分地心甘情愿。那真是一次完满的宴会。宴席散了的时候，金老板要亲自送老马回去，可老马就是不肯，说他要独自回去。回去就回去吧，他却又不肯打的，要坐驴车（顺便说一句，驴车在我们这个城市是当做货车用的）。众人无奈，总算为他挡住了一挂驴车，付了款，告知了地址、嘱咐车夫小心送达，便任他驴蹄的的，铃儿叮当地回报社去。眼见着驴车走远，众人哄笑这厮大概想找一回陶渊明的感觉。

笑话出在报社看门的老头那里。驴车到门口，车夫打门，说接你们老马回去。守门老头出来，把四仰八叉横陈在车上的人左瞅右瞧，摇头说："不认得，送错了！"驴车夫坚持没错，守门人无奈，在昏黄的灯光下重新审视，又替躺着的人扶正歪在耳边的眼镜，惊呼：可不是我们老马呀！这事传开来，就成了下次酒桌上的话题，老马却不恼，憨笑道，同乐！同乐！

片二：依旧是老马某次醉酒。老马歪斜着一进家门，就对"老婆"恶声恶气，声称他赚钱养家的种种不易，用的是一半儿控诉一半儿自得的语气。老马的语言如箭簇，箭箭都是裤带以下的位置。放完了冷箭，射手爬上床去，酣然入梦。

醒来，伸手去搂老婆，搂空了，睁眼，惊见丈母娘在对面墙上冲他含蓄地笑，老马惊出了一身冷汗。老马冷汗淋漓地回家，见丈母娘正怒气冲冲地高坐他家客厅，听完老婆声泪俱下的哭诉，老马只剩下两眼发黑，双腿发软的份儿了。

老马醉了狂，醒时却极谦恭，笑眯眯的，一幅看不透望不穿的厚实像。酒醉的事多了，大家就常趁了酒意捉弄他，一次大伙将醉了的老马绑在一棵开花的树上。他索性在那份稳定平衡中睡去，醒了，自己解开绳子，拂落肩上的花瓣，伸伸懒腰，逶迤而去，跟那个"仰天大笑出门去，我辈岂是蓬蒿人"的诗人一样洒脱。

逝者如斯，朋友在老马酿出的愉快里打发着日子。

但老马最近发生了一点意外。

这次肯定又是在老马醉后吧，否则他不会一个人在冰天雪地里卧那么久。我们这个城市的冬天是那样寒冷，以致于每个冬天都有几桩牧羊犬救护醉酒的牧羊人的故事传为美谈。可老马怎能连孤独的牧羊人都不如呢，否则在那样的寒夜里，怎会没有一只牧羊犬去救护他，任由他一个人醉卧在冰天雪地里？这一夜的代价是老马的一只脚，他的一只脚被冻在了水沟里。

老马再次走在路上的时候就跛了。跛了的老马迅速地黑瘦下去，像是回到了过去，仿佛他有魔法随心让时光回倒。

现在没人再敢劝老马喝酒了。老马喝着喝着，就没趣了。大家也都觉得没趣了。于是谁也找不到从前那种感觉了。于是老马说，我走了。

老马就走了。大家望着他的背影，看着他的双肩在空气里划出无数的"Z"字，就都叹一声。

那些葵花

小南到陕北，考察那里的油葵种植。

我与小南性格差距之大好有一比：就像蜗牛之于大象。但这没能阻止我俩结为夫妻。瞧，我俩早都平安度过了纸婚、木婚，遇见小南心情好的时候她也会晕晕乎乎地说：木瓜，好好活，没准我俩还能混出个金婚钻石婚什么的呢！

这不，结婚几年了，虽没法子如漆似胶，（那是因为两人之间隔着520公里的距离），却也被熟人笑谈为在婚姻中恋爱。其实，自恋爱走向婚姻，又保持着那点必要的激情，大概是缘于我们多年来的两地生活，少见面多稀奇，少了碰撞多了牵挂吧。想我们当初恋爱那会儿，虽说没有现在如此发达的网络，也没有瞬间即至的短信，但我们有我们的抒情方式。

被我们称之为朝发夕至的是省运输公司的长途汽车。一大早出发，中间倒三次车，再步行十五分钟，我就可以站在小南的房门口了。那时候差不多是黄昏的时候。有时候中间有个差迟，就是月上南山时。

小南的单位是一家科研所，在大山里，如果选择打电话，打给她的电话等待转进去的过程决不比《手机》里严守一陪牛三斤老婆打电话的麻烦少，而且还不会有被群山呼应的浪漫和温暖。电话里那个女声永远都不急不慌刚刚睡醒一般打不起精神。

为了不破坏心情，我们写信。

我们的两地书写了五年，鸿雁寄情，有诗为证。比如《吻》：灵魂与灵魂在嘴唇上的碰撞/情感的温度计/标注我日日高温/冷冷暖暖间/只有自己知晓……有时候小南情致高时会把那些诗句向外面投寄，竟然有发表的时候，引得不明就里的少男少女给她写信抒情。小南到现在还保持着那几大包书信，常常忍不住大发感慨地说，木瓜你啥时候能出大名呀？那样也可以出一本厚厚的《两地书》啦。

那时候，爱随我们进山出山的身影奔波在车轮上。我们相信"离开你的每一步／思念就铺成我的退路"。有一次，我们俩谁都没打招呼，又都"回去"看对方了。当我坐了大半天车，在黄昏到达小南房门口的时候，她的同事告诉我说，你们怎么打的是"擦边球"，小南回家了呀！我还以为他们是开我的玩笑，到了门前一看，果然是门窗紧闭，窗帘也拉上了。怎么会这样呢？那一刻别提心里有多沮丧了。那同事只好帮我敲碎一块窗玻璃打开屋门。到了半夜，忽听得小南在门外叫门，原来她在中途车站倒车时，遇见了在那里做电视专题片的她哥哥，知道我去看她又匆匆返回来了。天晚没班车，就搭了辆货车赶回来。突然相见，我们竟有山重水复的激动和感慨。

小南的研究方向就是要让油葵长满陕北的沙地，那些培育出的种子被她装在各种各样的瓶子里，有的被称之为"紫珠"，有的被唤作"雨滴"，其中被称作"日冕"的，是一些乌莹莹的向日葵种子。那种向日葵的出油量大，小南的理想就是要让"日冕"大面积开放在陕北广袤的黄土地上。

人居两地，有时真的触摸不到婚姻的内核。二十六岁生日的时候，小南一再嘱咐我要在生日那天赶到她那里过。她说会有一个有意思的庆祝方式给我。八月是向日葵收获的季节，小南想把她那里一年之中最好的风景端出来迎接我。我在生日的当日赶到了小南处，那些天小南忙晕了头，半夜突然想起了我的生日，搜遍房间，却只有那些装在各种各样瓶子里的瓜子。小南看看瓶子，再看看我，看看我，再看看瓶子。小南目光里有火焰一样的东西在闪，小南后来找出了两只玻璃杯，半截蜡烛，和几张餐巾纸，小南打开了那个写着"日冕"字样的玻璃瓶子，她从里面一颗一颗地数出26颗瓜子，那些瓜子被小南摆在餐巾纸上，小南洗了手，小南认真地剥开一粒瓜籽，一粒又一粒。26颗乌莹莹的瓜子摆在了印花纸巾上，呈一颗心的形状。没有酒，小南就去屋后的竹林里摘了几片嫩竹叶回来放在玻璃杯里用开水冲了，再扔进去几粒话梅，说是竹梅酒。

小南后来算账说，我的二十六岁生日是个奢华的生日，因为那天我吃

掉的是在今天看来依旧珍贵的"日冕"种子。那天吃掉的 26 颗"日冕"种子要是扩大到今天可以种 10 亩地的向日葵。但账不能这样算,木瓜!我知道的。

十年时间一转眼过去了,我们早已经不用为相聚奔波,但那些在车轮上奔走的年轻的岁月里,我们有过我们实实在在的快乐和幸福。

今年八月的最后一天是我三十六岁生日,小南在陕北。小南和那些油葵在一起。小南发来短信,小南说,木瓜,把葵花一样明亮的祝福给你,祝福你的脸盘灿如葵花!

紫色花

　　一米八个儿的陈平看上去像一只娉婷的鹤。父母的个儿不算高，遗传到陈平这里，却是变异的成分多一些，加之在正长身体的时候很少有几个能够吃得饱的日子，所以长成现在这样直溜的模样真是意外得很。

　　从前陈平有过一个外号，用果子沟的家乡话，从外公外婆嘴里妈妈嘴里，再到比自己大八岁的姐姐那里，辗转印到他最早的记忆里。外号比他的大名年龄大，从半岁始，伴他三十一年了，他弄明白那几个字，却是近来的事情。很好听的几个字啊，怎么这么多年了，就没听懂呢？

　　现在听懂了，就是：洋芋公子。在懂了的那一瞬，陈平的内心翻腾出一股无法为外人言说的情感。

　　外公外婆一生没能生下儿子，盼外孙子的心思就可想而知了。当妈妈生下陈平的时候，他哪怕是一只老鼠，也是一只"带把儿"的老鼠，也能使举家狂欢。一个作家形容新生的小孩柔弱，说"怕抱坏了"。陈平大字不识一个的外公就是这样说的：不能！不行！不敢！当心抱坏了！他焦灼地搓着糙手，像是手上沾了恼人的东西，屁股掉过来转过去，像一只尾巴被火点着了的老猫。

　　像一只老鼠的陈平得到了全家清一色的爱，连比他大八岁的姐姐也不嫉妒他一出生就受到的隆重礼遇，像个小母亲似的围着他转。她哄他睡觉，再把他从睡里哄醒，她的本意是想很好地抱他，却使他细瘦的四肢挓挲着，像是被拽着尾巴拎起的一只老鼠，他愁眉苦脸，像个未老先衰的小老头。

　　母亲没有奶水喂他，可这并不碍着他叼空奶奶，到三岁了，还叼。母亲说，再叼下去，妈就被你吸干了。吸干了就吸干了吧，他营养不良的大脑哪里管得了这许多。

姐姐说，叫他吃饭！不吃就给饿死！

死字还没说出口，就被母亲当头敲回了。

饭有什么啊？还不是洋芋。

就洋芋吧。乌洋芋，开紫色花的乌洋芋。很多人没吃过那乌紫的漂亮如同鹅卵石一样的乌洋芋呢，更别说见过它开出的紫色花了。

记忆里，陈平总是记得姐姐嘲笑自己小的时候多么嘴馋。所有关于嘴馋的细节里都离不了洋芋。他由此知道了洋芋竟会有那么多种吃法，煮了、蒸了、煎了、烹了、炸了、烤了。整只吃的，捣碎做了吃了，放盐的、不放盐的、添蔬菜在里面的，不添蔬菜在里面的……姐说：刚刚熟了的洋芋，来不及晾凉，烫了嘴，哭几声，皱着眉头吃：简直就是饿死鬼转世。

陈平不知道自己小时候贪吃的样子。有一次带儿子去吃肯德基，儿子很内行地点餐，儿子大声地点了土豆泥、土豆泥，薯条、薯条。对，都是双份的。他没动，儿子就把两份都吃了。第一口喂得太猛，大概烫了嘴，小嘴咧了咧，眼里就有泪闪了闪。他看着狼吞的儿子，突然喊：洋芋公子。儿子没听懂，看他，他就哈哈了两声，说，慢点吃！慢点吃！都是你的！都是你的！

也就是那一霎那，他忽然弄明白原来从外公外婆母亲姐姐嘴里发出的那几个字的真实含义。一时百感在心，身子在肯德基沉闷的食物香气里，想象脱壳飞去，想，故园阳光下外公外婆坟头的蒿草又高了几许？

春节是回老家过的，年复一年，也只有这时候，人才有闲心梳理自己的来龙和去脉。所谓故乡，也无非是那个母亲生下你的地方，那个和最初的记忆有关的地方。故乡已是物非人非，很多在记忆里存活的东西都变得模糊，无法断定真伪了。

在太阳下晒闲，隔壁的表舅母拎来了半筐烤土豆。表舅母家做豆腐生意，煮豆浆的锅大如军锅，在灶下的火炭里烤半筐土豆自然不在话下。难得的是烤的就是那种紫色的乌洋芋！只是因为低产，曾经被乡人淘汰，年复一年少种，如今几乎绝迹。在故乡淡褐的土地上，现在已经很少见到那种在端午节前开淡紫色花朵、农历六月收获，果实大如鹅卵、颜色像磨砂紫水晶一样的植物了。

吹一口灶灰，食指在焦乌的土豆上轻弹一下，一缕香气爆出，就见裂口处现一缝嫩黄。

一个正月，陈平每天下午都去表舅母家蹭烤洋芋，有一天他被表舅母推出了屋子，表舅母说，再烤，大概明年回来时连一个乌洋芋也别想吃上，你表舅弄来种子可是费了周折的。

当然不能吃掉种子。

那干吗不可以多种呢？总是还有一些像表舅那样的人吧？从他们那里可以弄到乌洋芋，当成第一批种子种到地里，收获它们。来年再种下去，一年又一年，家乡淡褐的土地上，像蝴蝶一样美丽的紫色花不就开满故乡淡紫色的春天了？如果要用颜色描述童年记忆里的故乡，陈平会固执地选择淡紫色，是那种连同空气都能被染成淡紫色的土豆花的颜色。

土地是没有问题的，比陈平更年轻的年轻人都去外面打工了，土地荒芜，租地是容易的。他把想法说给热爱乌洋芋的表舅听，表舅连说：你这孩子！你这孩子！他从表舅说话的语气里看到了血缘，陈平想，干嘛是表舅呢？他其实就是舅舅嘛！

后来的几天里，陈平就跟着表舅去十沟八岔买乌洋芋种子。买种子不像想象里的困难，也不像想象中的容易。不难是说这种乌洋芋在极偏僻的沟垴还有人家在种；不容易是那些种了的人压根就没想要跟谁作交易。

表舅说服了那些人，每个人家都买人家的一半。几天奔走下来，表舅算账说可以种出五亩地，表舅家的地完全可以承担，陈平答应表舅供给他全家一年的口粮，只等这些乌洋芋收获了明年回来征地扩种。

一个晚上，表舅跑过来严肃地问陈平一个问题：种这么些乌洋芋，干嘛用啊？自家吃，肯定多了！现在谁天天吃洋芋？

真的，种了，还要扩种。到底想干什么呢？

陈平没有想好。念头始于表舅母拎着那个烤土豆筐进门的时候？但自己也不是一时冲动吧？不是，我现在是商人呢。陈平自己给了自己一个回答。

故乡的最后一夜，闻着窗外竹园飘来的清涩的香气，陈平盼望着春天快点来到，那愿望还很强烈。

睡前，陈平给远在英国的姐姐发短信：

姐，今夜我在老家的夜晚里想念你。

我打算跟表舅种乌洋芋了。在老家的山坡上，在来年的春天，会有一小片像紫蝴蝶一样的土豆花盛开在淡紫色的青空下，以后的每个春天里，会有更大一片紫色花盛开在家乡淡紫色的青空下……

姐，但愿你回来的时候没有错过花期，不过，如果你错过了花期也不要紧，我想会有花朵之后的果实迎接你。

短信发出去了，陈平望着手机淡蓝的屏幕有点发呆。的确，很久都没有跟谁这样抒情过了。

其实，故乡是不是有永远的青空这可真是说不准的事情，甚至有能把天空都染成淡紫的花朵?

出于你我共有的常情，我们暂且原谅陈平这种情绪所造成的不大精确的语言疏误吧。

在民间

村里搞新农村新民居建设，建房要在统一规划里，院落前后错落一致，大小规整，色彩仿佛。听说这样做才能拿到政府补偿的那部分修建资金。

建房委员会的找到高奶家说明情况，开始高奶不愿意改旧建新，她说旧房还没旧到不能住人，旧房被人暖着，屋里有温温的人气。再说，前院的石碾盘，碾盘边每年都挂满红枣的枣树多遂人的心思，咋能说拆就拆，说砍就砍？

高奶为这事板了两天脸。但她也知道板脸不管用，这事别说她做不得主，恐怕儿子大毛也做不得主吧。做得了主的是建房委员会的手里攥着的补偿金。

但是，意外的，石碾盘和枣树都留下了。那是孙子小毛的功劳。

小毛在省城搞艺术，这是高奶听村里的时髦青年说的，高奶不懂时髦青年嘴里的字词，但看得懂说话人神情里的羡慕和向往，也跟着和说话人统一了说法，称小毛是艺术家。

不到长假日，很难看到艺术家小毛的身影在村子里晃，他在城里忙着呢，带学生，自己还搞绘画创作。这真够牛气的了，但是小毛对高奶说，跟奶奶比，我是条毛毛虫。尽管嘴上说：有这么白净好看的毛毛虫么？但高奶爱听小毛的话，遇见小毛能安静地待在自己身边一会儿，高奶忍不住打问孙子在城里的营生，高奶从小毛嘴里又逮住几个鲜词，但还是没懂那些字词的真正意思，这越发让她对这个孙子刮目相看。回头心下一琢磨，高奶发觉这个孙子的心性跟自己真是有几分相像，越发在心里生出一份对小毛隐秘的疼爱。

新民居规划委员会的委员们再次到高奶院子的那天早上，小毛也奇迹般地出现在高家门口。笑嘻嘻的小毛还带回个红头发乌眼珠，让高奶辨不出是外国人中国人的年轻姑娘。高奶的第一个动作就是把小毛扯到背僻处。得知那姑娘不是未来的孙媳妇，高奶才算松了口气。慢慢返回人群，招呼人从树上摘枣子给小毛和红发姑娘吃，站在人群边听他们七嘴八舌地发表对自家院落的修建规划。

小毛和委员会的看设计图纸，然后丈量，再然后，小毛笑眯眯地告诉高奶，奶奶喜欢的枣树和碾盘都能包进未来新盖的院落里。只是这样，他家就距村子要修的道路终端多出三米，这三米的路，村子负责修，但钱得高奶家出。高奶听说，又急了，小毛还是笑嘻嘻地说，修路的钱他负责出，他还说，对艺术家奶奶要尊重些，宠爱些，不就是三米路的钱么？哪能和奶奶的价值比？小毛左一个价值右一个价值，把高奶心里说得糊涂的、又甜蜜蜜的。但是她又片刻清醒，问三米路到底需要多少钱，小毛说，没多少，他在城里少喝几顿酒就够了。高奶这下总算放了心。问小毛咋有能耐把树留下，小毛眨眨眼睛，说自己小的时候在院场边玩，差点掉下沟崖，是那棵枣树伸手揽住了他，哪能砍救命树？这不就跟要命一样么？高奶说，又说故事，你小时候的事，我都不记得，你就记得了？

但是小毛回来的这天，高奶怎么着都是高兴，高奶高兴了就有两个爱好发挥，一个是唱信天游，一个是剪纸花。

打碗碗花花就地地开
你把你那白脸脸掉过来
你白萝卜卜胳膊水萝卜眼
你瓜子仁仁舌头海棠花花脸
你白格生生脸脸苗格溜溜手
你红格盈盈口口亲不够
……

年轻的歌在苍老的高奶的演义里，像是回忆，像是倾诉。

一张艳红如火的剪纸。在高奶低缓婉转的信天游伴唱里，在她剪刀的折叠弯转中出世。一层层展开，就见一棵硕大的树冠覆盖了画面上方，树上繁花压枝，枝上有鸣叫的鸟，树下，两个老汉正在对火，远处有一条狗正往这边来，小鸡在一老汉腿间啄食，一扇木格窗子刚打开，一个妇人正探头向外看。

高奶的这幅剪纸打动了小毛带回来的红发姑娘，她给高奶手里塞进簇新的五百元钱，要买那幅剪纸，红发姑娘的举动让高奶脸上现出少女才有的羞涩，红发姑娘的举动让她有点惊喜，有点惶惑，她不知道是接她的钱还是拒绝她好。确实，活到今天，第一次有人给高奶的剪纸付钱。剪纸村里大多数人都会，虽然都说高奶的剪纸格外好看，剪啥啥就鲜格灵灵地活，但那也不过是鸡群里站着只鹅，没啥惊讶人的，高奶想。可不都是谁想要，喊一声高奶，高奶就寻思要的人的心意，折纸，开剪。慢慢铺展开，耀亮看花人的眼。拿走吧。总是这样的。

但是今天，高奶向外推让的手只是一伸，就又缩回了，毕竟这一瞬间，高奶感到了钱能带给人的愉快，何况那钱是自己赚来的呢，何况那姑娘递钱的样子满是诚恳，生怕自己不愿意似的。这时就听小毛在一旁说，收了吧，奶，放在城里，这纸花，贵着呢！高奶苍老的满是青筋的手攥着那卷簇新的纸币，忽然对自己有了模糊的新的认知。像是有点惊讶，有点欢喜，还似乎有点茫然。多奇特的感觉啊。是不，高奶？

谁听见蝴蝶的歌唱

那天下午，我和妈坐在门槛上摘豆荚。我看见一只硕大的蓝蝴蝶在我头顶绕来绕去地飞，就对妈说，我长大了要做紫娟姑姑那样的女人，也要种一院子花，结出满园的蝴蝶。

母亲以一记响亮的耳光回答我。

我哭着跑上山顶那幢围着木栅栏的白色房子。我歪歪斜斜、气喘吁吁地扑进紫娟姑姑怀中，把我的眼泪抹在她素洁的衣衫上。我断断续续、抽抽咽咽地把挨打的始末说给紫娟姑姑，我感觉紫娟姑姑的手在半空僵了一下，然后我就看见她的眼中飞过一片又一片花朵，最后在一片碧空之上，就映出了那一院怒放着的花朵和花朵间翻飞如秋天风中树叶般的蝴蝶。紫娟姑姑弯了腰捧住我的脸，缓缓地向我发烫的脸颊吹一口气，再吹一口气……紫娟姑姑的呼吸芬芳如兰……

那满院散着香气的花朵和花朵间翻飞的蝴蝶把那个下午渲染得壮丽无比。那一年，我八岁。

但我是怎样地喜欢紫娟姑姑啊！她那白的脸，狭长的眉眼，永远素洁的不染一尘的衣裳，轻悄悄来去，一笑脸上就现出一片红晕的样子，实在比母亲、比镇上旁的女人都要好看。更何况她还有那样美丽的一园子花和那么多奇妙的蝴蝶。

我曾无数次地猜想过，假如没有那次相遇，紫娟姑姑会不会也像镇上所有的女人那样，为人妇，为人母，直到最后做慈祥的老奶奶呢？

但这一切，终于在那一次相遇后成为不能。

那是怎样的一瞬间啊！却铸就了紫娟姑姑一生的寂寞。

那时紫娟姑姑已经辍学在家，她是镇上唯一把书念到中师的女孩子，辍学的唯一原因是母亲突然跌坏了双腿，从此卧床不起了。

在陪伴母亲的漫长而寂寞的日子里，紫娟姑姑就日日在园子里种花。

说也奇怪，这些经过紫娟姑姑的手侍弄出的花儿都长得出奇地好。于是就有了那个开满了花朵、结满了蝴蝶的园子，于是就有了那一次相遇，也就有了让紫娟姑姑珍藏一生的那个美丽早晨。

当那个陌生男人突然地站在紫娟姑姑面前时，紫娟姑姑是怎样地为这份突兀而慌张地停了正在浇花或是剪枝的手？而那陌生男子又是多么地惊愕：他为追一只蝴蝶越园，他没想到却看见了满园的蝴蝶，还有，那比蝴蝶还要美丽的姑娘。在眼睛对着眼睛的注视里，除了飞过花，飞过蝴蝶，还飞过一些属于心灵的东西吧？一份嘉许？一份来自灵魂深处的震颤？

后来的日子也许是紫娟姑姑一生最快乐的时光吧？在美丽的蝴蝶园，一场轰轰烈烈的恋爱自然发生了。日子是简单地重复，他们除了相爱，还是相爱。

在某一天的早晨，或者黄昏。那英俊的男人不得不暂时告别紫娟姑姑离开一段时间，他要暂时回到他来的地方去了结一些事务。总之，他们离别，只是为了将来长久的相聚。他们在美丽的蝴蝶园依依惜别。也许紫娟姑姑就是站在那一片鲜花和蝴蝶丛中看着自己亲爱的人一步一回头地从高高的石阶上走下去的吧？也许，紫娟姑姑那随蝴蝶一起翻飞的裙裾和长发是离人最后回眸中一张永远淡不去的图画吧？

故事的后来是男人一去再也没有回来。

有许多种说法。说男人是当年社科院的昆虫专家，因犯了什么错误被下放到小镇接受改造，却以研究蝴蝶为名诱骗良家女儿，就被招回去关押了。有说男人的确是昆虫专家，他在离开小镇返回的途中因为遇见一种罕见的蝴蝶，在捕捉的过程中不慎坠下悬崖。最后一种说法是男人无法离开他的妻女，最终无颜回小镇重游他梦中的蝴蝶园了。

我不知道在我已渐省人事而紫娟姑姑还尚在人世的时候，我为什么没有去追问紫娟姑姑故事背后的真相。我不知道我是不忍问紫娟姑姑还是不忍破灭自己心中的一份幻想。我宁愿相信那男子是因为追那只他一生只见过一次的蝴蝶坠落悬崖，从而无法回来兑现他爱的盟约的。也许在他走向

蝴蝶的那段路程里，他所想到的唯一是这只蝴蝶能换回恋人的一个笑靥吧！我愿意相信他们的爱情是穿越了有形的物质而趋于无形的。

许多年之后，当我在自己演绎的爱情故事里人比黄花瘦的时候，我试图去理解紫娟姑姑一生固守的爱情故事，于是我终于体味到了母亲当年那狠狠的一掴。母亲是怕我一语成谶。

我最近一次回老家，我母亲坐在二十年前我们一起坐过的那道门槛上，神色戚然地对我说，紫娟姑姑半月前死了。

我听了，除了心里飞起一篷蝴蝶之外，竟没有一丝的惊奇。

踏着高高的石阶一级级走上去，我走不进从前的时光里。

跨一道门槛，就站在了园子当中，没有紫娟姑姑素洁的影子移出来，只有满园的花香，一只只翻飞如会飞的花朵般的蝴蝶飞起来迎接我。

在那一瞬间，我听见了蝴蝶的歌唱。

惊　蛰

　　春江水暖鸭先知，岸上的春天，定是猫先知道的，和暖想。猫第一次叫春的时候和暖在心里笑话猫：真不知羞，几天的猫娃，就知道叫春了！

　　猫是秋天赭石从江北外婆家抱来的，抱来时猫刚满月，赭石说猫是老二，猫妈头胎生，共生了仨。"头虎二豹三猫四鼠"，这猫英武呢，就叫豹子算了！和暖就"豹子"、"豹子"地唤猫，猫从蒿窝窝里抬起黑亮的脑袋，黑眸子盯住和暖的眼睛，赞叹一般地叫"妙"！相见欢。猫与和暖似乎都很满意对方。

　　现在，这个家的成员是赭石、和暖，叫豹子的猫，和叫大白、二白、三白的三只鸭子。

　　转年的春天，赭石沿着门前那条弯弯的、开满黄的油菜花紫的苕蓿花的花间小径走了。和暖看扛着背包行囊的赭石走在花径上，心里忽然涌上难于言说的惆怅。她知道赭石要走到汉江边，过江，再等一趟长途车载了他到火车站，再坐上火车，到那个叫康城的地方，去那里的一个建筑队当工人。

　　赭石只让和暖送他到家门口。赭石说，这样我就能记住你站在咱家门口等我的样子了和暖。两人间的话，赭石总是说的软软的柔柔的，赭石的话和暖总是爱听的，这也是她在一大堆求婚的男人中单挑了赭石的理由吧。

　　"咱们的好日子刚开始，晚一年再出去，行不?"和暖问赭石。

　　"迟早要出去的。年轻人都出去的。"赭石说。

　　"趁现在还没孩儿，攒点钱，等咱有了孩儿，我就不出去了。"赭石还说。

　　和暖想也对。蓝水河那些外出打工的年轻人都把孩子托给老人看管，而她和赭石的父母都不在世上了。

　　和暖出神的功夫就看见赭石的身子在一个转弯处一晃，不见了。和暖一阵心跳，一阵心慌，然后脑子里空空的，心里空空的。和暖又在柑子树下站了吃完一碗饭的功夫，直到站在那里再看不见赭石，就退回到院子里。和暖要给自己找点活儿干，来止住突然空出来的这片空虚，使这空虚不再延展，毕竟她的空虚是有甜美的企盼来填补的，毕竟她和赭石共撑的这些日子是她想要的好日子呢。

　　大白二白三白在傍晚自觉归来，今天它们似乎也知道男主人外出不在家，格外听话，没让女主人费一星唾沫就乖乖上了架。猫更是乖觉，猫在夜里该熄灯的时候跳上床尾，猫看了看和暖的脸色，见女主人没有喝斥自己的意思，就心安理得的把身子安置在那里了。和暖在夜里醒来，听着猫细细的呼吸声，感觉着脚底被猫身压着的分量，和暖会故意蹬一下腿，把猫蹬醒。偶尔月光入窗的夜晚，和暖看见月光在猫的黑毛衣上照出一片粼粼波光，禁不住在心里感叹一声：真是只俊猫啊。

　　现在，赭石走时开花的油菜和苜蓿都结了饱满的籽，被和暖收获了、归仓了。在麦鸟一声紧似一声的叫唤声里，后坡的小麦也晒到院场上了。忙着收获的和暖除了干活，喂饱自己和猫鸭，就是把充满疲惫的身子再歇息过来，而一旦身体像吸足了水分的植物那样饱满舒展的时候和暖会那么深那么狠地想念赭石。

　　日子如庄稼地，种下什么，随后是穿越季节的等待和盼望，等待生长，盼望收获。当风把后坡上的槲树叶吹红了的时候赭石还没有回来。和暖知道自己还要再等过一个季节，赭石回来会是临近年关。一年回来一次，蓝水河外出的人总这样，就像候鸟，只不过，鸟归来是在晚秋，人归来是冬天过年的时候。

　　和暖在冬至那天开始给赭石做鞋，和暖以往没有做鞋的经验，她和赭石的鞋都是赶集时在蓝水镇上的商店买来的。

　　但是这个冬天，和暖那么渴望给赭石做一双鞋，她依赭石的一双旧鞋剪出鞋样，她要全部手工做一双布鞋给赭石。和暖坐在炕上给赭石纳鞋，把她的想念密密缝进针脚。她算计好了，无论多精细的手工，中间有多少耽搁，鞋都会在腊月赶在赭石归来时做好。她要让带着自己手上温度的柔软的布鞋去体贴赭石那双攀高走低的脚。

一天早上醒来，和暖发现下雪了。下雪是蓝水河的冬天罕见的，但是接下来雪天天下，一下就是很多天。这真是稀罕！和暖最初看见雪的欢喜慢慢变成了担忧，她担心大雪会阻隔赭石归来。那些天和暖天天看电视里的天气预报，得知康城也在下雪，和暖就忧愁就睡不着觉。康城的天气时好时坏，和暖的心情也时好时坏。尤其是做梦梦见赭石被堵在路上，前不着村后不着店的时候，和暖就会从梦中惊醒，醒了，就想赭石在外奔波，吃了很多的苦，自己没法分担，就自责、就落泪。

这个夜晚，和暖再次从梦中惊醒。伸腿蹬脚下的猫，发现猫不在。猫去哪里了呢？和暖从枕上抬头，同时隐约听见院墙上有响动，心下一惊，正疑虑间，就听见一声急促的猫叫，叫声惊得和暖在枕头上哆嗦了一下，猫分明是在叫春了，和先一次比，猫的叫声简直算嚎。

和暖慢慢推开木格方窗，想要唤猫回来，刚把一扇窗推开，猫冲着身后的灯光更大地嚎了一声。没等和暖喊出声，一道黑亮的光一闪，猫跳上了墙，猫在墙头稍作停留，随即翻身到墙那边去了。

和暖呆了一呆，就看清雪花，纷纷扬扬的雪花，在窗口泄出的那片光亮里，纷乱地舞。

猎人的早餐

他坚持说我的前世是个猎人，一个活着捕猎，以猎物为生的人。我哈哈大笑，说你倒像个哲学家。

我给他讲我的梦。我说在我年轻些的时候总是梦见自己行走在一条不知起点不知终端时没时现的山径上，其实有没有路真是说不准，我觉得有路，是因为我始终在走，能走就说明有路吧。我的头顶，太阳努力穿过树叶照进来，使林中升起光霭，身边一两声幽隐的鸟鸣衬出树林的静谧。梦中我也不像现在的我，我的装扮连我自己都觉得陌生，我不知道我从哪里来，要到哪里去。我是个身份不明的人。

你梦见的是你的前世，那时候你是个猎人。他淡淡地笑着，对我说。

这怎么可能呢？我可没过过一天像你这样的生活。你不正是猎人么？见他这么认真，由不得我也认真些。

正是这缘故我才晓得你的前世是个猎人么。他再次坚持说。

那我要到哪里去？

走山。你看，你不是说来就来了么？

走到哪里？

走到山里。猎人永远都是走在山里的。走到山外，那就不是猎人了。

我看我最好不要再在这个问题上跟他争执了，我只是偶然滞留在这个过时了的，活得寂寞如他不愿离去的山林一般的猎人简陋屋舍里的一个过客。

两天前，我因为在登山途中崴了脚，偶然滞留在猎人的木屋里。我的同伴把我交给他时说，他们下山回返的时候会来这里接我，让我安心休养。我的脚崴得很厉害，但猎人安慰我说，等我的同伴回转来时，我一定跑的像山上的麋鹿一样快。

他没说大话。他采来草药，敷在我肿痛的右脚腕上，当天下午，燃烧在脚背上的火苗就跑掉大半。猎人说，睡一晚，如果我愿意，我就能跟着他去打猎了。

第二天，我在鸟雀的吵闹声中醒来，耳畔碎银一般明亮的鸟鸣声更璀璨了，阳光透过猎人没有窗帘的窗子射在我眼睛上，晃得我睁不开眼，真是一个奇异的陌生的早上。

我的脚步已经算得上轻盈了，我催促猎人，我说今天跟你去林子里转转吧，我很久没到真正的森林来过了。猎人咧嘴笑：你想要打到野鸡？山兔？鹿？还是狼？猎人的语气像是说，整个群山都是他的花园，我想要剪一支玫瑰？雏菊？还是蔷薇？全凭我的心思了。我说，能得到一只山兔我就很知足了。可以煨一锅汤，我太饿了，这两天一直没有好好吃东西。但猎人在这天早上唯一做的一件事，就是用埋在火塘里的火种点燃一些劈碎的拌子，使屋子温暖起来，顺便用那火烧开水罐里的水，猎人给我递上一碗茶，而后又递过一大块锅饼，把一碟咸盐和两根青椒放在我够得到的地方。他走到我的对面坐下，像我的镜子似的，我看他掰一小块锅盔探进茶碗里泡一泡，递进嘴巴，抿住嘴唇，吞下那块泡软了的饼，这样的动作重复几次，就用手指撮过辣椒，咬开一小口，蘸点咸盐在开口处，放进嘴里再咬一小口。看着他手里那块锅饼小下去，再小下去。我确信这就是我能得到的早餐了。我喝掉茶，再去倒一碗茶，然后学猎人的样子，吃我的早餐。

如果是在早先，我会给你好点的吃食。他的语气不是歉意，是平淡。

好点的吃食是什么呢？我本想问，又忍住了。好像那些朦胧的理由我也知晓。山林萧索，能怪谁呢。在这里回忆与指责都显得轻飘，何况我看这个猎人根本没有和我追忆的兴趣，他只是孤单，寂寞，也真实着，真实地活在他的当下。为什么不搬到山下？我只是在心里想了一下，并不曾去问他，山下对他就好么？如我不可能长久住到这山上一样吧。

吃过了饭，在我给他递到第三支烟的时候，他努嘴说要去"那边"割柴禾。一条水流清澈的小河边，那堆成一堆堆的柴薪大概就是我没到来前猎人的作为，是不是晒干了储备给他的冬天？也许是吧。猎人看我看那片灌木与藤草，指一下远处的那片松树林，说，树林人少去，明年的菌子会长得大些密些。

我躺在一捆干草上晒太阳，在叮咚水声中蒙眬睡去。醒来。又睡去。晚饭时分，我想起我的背包，从山下带来的野外用品塞得那包圆滚滚的，我倒出里面的瓶瓶罐罐，一一开启，在地上摆了一大片，我说我请客。晚饭不用做了。猎人也不谦让，从床下摸出一酒瓶，找来两只碗倒上，我们就坐下吃喝。只是吃喝，不问彼此。我现在才发现，猎人到现在也没问过我的职业，我的家庭，我从哪里来这样的话，你不说他就不会问及的沉默里，有份叫我起敬的东西。我忽然领悟了这个猎人身上难得的沉静，这使他走出我心存假象的卑微。使他的样子在我心里明亮起来可敬起来。

肯定醉得彻底，因为我从未有过如此深沉的睡眠，醒来后，脑子像是用清水洗过似的清亮。

你终于醒了。猎人站在门边看着我说，我都等你一个又一个的时辰了。你再不醒。菌子可要候老了。

猎人看我在门前的河水里洗了手脸，说他有好东西招待我了。

我跟猎人走到一棵桦树后面，我先看见一棵巨大的菌子顶着露珠站在那里。围着那棵大菌子，一片大小相仿的小菌子向四周铺开去。

如下是我经历的，在我看来犹如仪式的早餐。

猎人找来一堆干透的柴禾，再找来几片细小的拌子，在离菌子五米远的地方点燃那堆柴禾，引燃拌子，而后等待拌子燃尽，直到火焰消散，只剩下一堆火炭。这时候，猎人走到那片菌子边，蹲下，用腰上的小刀先把那颗最大的菌子齐根割下，托在刀片上，捧到那堆红炭上，一棵又一棵的菌子就这样被捧到火炭上，猎人顺势用刀尖刨开菌子，随着吱吱叫声，一股清冽的香气腾出来，向四周扩散，吱吱的叫声慢慢变小，菌子慢慢瘦小下去，猎人从怀里掏出纸包，倒出纸包里的盐和辣椒面，直到吱吱声最后消失，火炭从红变成灰白。

随后我们吃掉火炭上全部的菌子。

　　我们站起来，看见太阳从桦树后面升腾而起。

　　猎人是有名字的，但他喜欢我叫他猎人。我说，喂，猎人！他会对着我笑，笑出淡淡的安静淡淡的欢喜。

陈太种菜

陈太说自己属木的，在哪里住，脚下都得有片坚实的土，要有地气。在那些亲近泥土的日子，她勤于稼穑。白菜、辣椒，蒜苗、黄瓜、西红柿。或玫瑰、月季，从心所欲。也许每样只能种几棵，却都鲜灵灵的惹人怜爱。像瓦尔登湖畔的梭罗一样，陈太也在种的过程中了解到更多的生物常识，从作物的长势验证出土壤的酸碱度，判断来年同样的一片地是种豆角收成好还是茄子更出彩。种瓜得瓜，点豆得豆，其自然的欢愉陈太深有体会。

陈太第五次搬家，搬到十八层高楼住，那里离地大概距天一样地远。陈太从博物馆管理员的职务上退了休，单位退休职工得搬到单位在新区统一集资购买的房子。新房宽大敞亮，陈太却觉得憋闷。惆怅，烦闷，没来由的。陈太忽然有了"老"的感觉，有了"没用了"的感觉。快要被覆没了。

体恤到母亲刚退休的不适应，陈太的儿子五一带孩子去看陈太，聊起以前住院子能种地的好，孙女说她能给奶奶在网上开辟块菜园，三说两说的，真就帮陈太在网上开出来了，且很快教会了陈太种地。电脑陈太以前是为能和孙女视频一下，现在另有用场了。

陈太开始对这种虚拟游戏不以为然，觉得不实在，没意义。谁料学会了，玩起来，却很诱人。假期没结束陈太就发展了很多网友，他们欢喜着种，更巴望着偷，真是如火如荼。

网络的力量有多强大，陈太算是知道了。

半年后，菜农陈太的级别已升至十八级，能种白菜、种玉米、种土豆，能种小麦、种水稻，当然也能种杨梅、芒果这些热带水果，据说不断发展下去，还能在某一天种兔子、种羊，种各种高级动物呢。天啊。

一生二，二生三，三生百生千……陈太网上的那片土地一直在扩大，扩大土地的金币是她卖掉仓库里的果实换来的。有种，有售，有收。遇见虫害除虫，长草了锄草。茄子一行，辣椒一行，西红柿一行。要的就是庄稼在土地上布局的美感。有时是绵延的稻田，有时种一地清香的白菜。遇见某个语言投机的网友过生日，陈太会提前种一地非洲菊，算计好了成熟的时间，留言给对方去摘取。说那是她送上的生日礼。要慷慨赠与、赠人玫瑰，手留余香呢。陈太坐在电脑前笑。每有自己田地里的作物成熟，陈太都会过一会儿再收获，故意留出几分钟使到自己田边的人也能摘获点什么，苹果熟了是苹果，花朵开了是花朵。收后会及时种，陈太不喜欢让地空着，尤其不喜欢收获后连地都不锄就那样空着的。不懂得审美，还浪费，陈太想。

但她偶尔会让一片小小的地空出来，那是息地。大地的裸裸永远不会是一眼望穿的，如果你仔细看过秋收后的田野，陈太自言自语。她还喜欢让作物错落生长，使菜园一片葳蕤，使种地和路过的人永远有期待，这才像一个真正的乡下菜农么，摘能摘走多少呢？永远是剩下的多，像她以前种菜，还给人送上门呢。

农庄的房子和背景陈太根据心情更换，她比较喜欢木屋的那个背景，浅浅的草坪中是自己开出来的菜园，牵牛花在篱笆边竖起小喇叭，门闭着，半开的窗子告诉主人在家，狗放养在后院，想摘菜的人从容摘，别折断了枝蔓就好。想在田边溜达的，就溜达好了，不必有瓜田李下被猜忌的担心，如果赶上玫瑰百合绽放，只管摘了闻香去，遇上瓜李桃杏熟了，也只管摘了尝鲜，要是觉得豆角悬挂藤蔓看着比吃还好，那就让它们铃铛一样在风中丁零吧。

晨起理荒秽，带月荷锄归。这是五柳先生感慨种地的辛苦。

陈太某天想起这诗句发了一回愣。她想，地里能长草，能生虫，能模拟阳光普照或者细雨蒙蒙，怎就没想到生出露珠呢？晨起裤腿染露，晚归锄头上泛着月光。自从搬进十八层高楼，她有多久没闻见清风明月露珠的味道了。她搬家时从大院带过来的几盆花木总是一副萎靡样子。陈太知道那完全是因为高楼滋生不出露珠的缘故。要是农场作物的叶上长露珠，用一滴露珠低落的声音奖励优秀的农人，多有意思啊。陈太为叶生露珠的念头不安。她把自己的盼望写成日记，贴在自己的空间里。让陈太没料到的是，自己的这篇日记竟被很多网友转发，无数的跟帖证明想念露珠滴落脚下泥土声息的人有多多。其中有条跟帖说受陈太的启发，他们网游公司将在游戏中开发露珠，将虚拟露珠的闪光，露珠从叶片滴落泥土的声息以及气味，并将开发出大雾弥漫的田野景象，因为在真正的农庄，那是常见的……云云。陈太觉得自己的心情简直如飞翔。陈太第一次确定退休近一年自己活得是不快乐的，落寞的，正如某块田地边竖起的一个牌子上的那句话：哥种的不是萝卜，是寂寞。

　　让陈太来改这牌子上的字，会把哥改成姐？姨？妈？奶？反正网络是一个虚拟了性别、年龄的地方，就像陈太在农场里的网名叫"菩提子"，名字是孙女注的册，但她是喜欢的。那本来就是个可以想象，不辨年龄、遑论男女的名字嘛。

离乡的手艺人

拿到新居钥匙的那一天，我就注定了跟这样一群离乡的手艺人相遇了。小白就是这群人中的一个。

我们那幢楼有三十多个像我一样的住户，同时拿到钥匙，同时装修房子，一时间楼下聚集了许多来联系活计、推销材料的人。

小白是第一个上门联系活儿的人。他是这样介绍自己的，他说，你就喊我小白吧，这里的人都叫我小白。我家在泾阳，所以我是专门买泾河沙子的，你要沙子吗？你肯定是需要沙子的！那你还是买我的吧。我的沙子够数，也干净，是泾河里上好的不粗不细的沙子，不是渭河的！有一个成语，叫泾渭分明，你肯定听说过的，你一看就是读书人，肯定明白的，渭河里的沙子泥多。不好！

见他说的有趣，我就说，沙子是用来平地的，无所谓泥多泥少吧？他立即纠正我：所谓大了！就是用来平地，沙子也是和水泥混在一起不是！咋不和泥拌一起呢？再说了，泾河的清清的水淘过的沙子，想着心里都是干净的，干净了想着心里总是舒服的吧！

为着小白的一句：干净了想着心里舒服！我答应买小白的沙子。

他立即从上衣的口袋里掏出一只卷尺丈量我的房间，一边问我将来是给哪些地方铺瓷砖，哪些地方铺木地板？他得根据这些以及地板目前的平整度判断他要给我送来多少沙子。小白算出来应该送五小拖拉机或者两个半大拖拉机的沙子。小白最后说，就送五大拖拉机吧，你和你隔壁的小吴两人平分正好！

小白运来的沙子在我的"客厅"堆成一座沙丘，我问小白这么多的沙子用得了吗？小白说肯定不会剩的，万一剩下了你打个电话我来运走就

是了!

　　沙子最后剩下十袋子。不过我一点也没为如何把那些多余的沙子运到五层楼下担心。我的目光刚转向那些剩沙子的时候小白自己来了。笑眯眯的小白说，瞧我说的吧，泾河里的沙子就是不同，瞧你的地板多平整！多光洁！日后在上面——哎呀！沙子剩了一些呀！这还不得我给你弄走呀！

　　是小白弄走了那些沙子，还有包装木板的几十个大纸盒，小白说，纸盒可以卖掉，因此他不收搬沙子的钱。

　　我后来下楼的时候看见小白刚刚和另一单元的小马成交：他把那十袋沙子卖给小马，加上上楼费，一袋一元五角。见我下来，小白朝我粲然一笑说：总算物尽其用了。泾河的沙子呀！随便丢了多可惜呀！

　　小白显示他的手艺是在不久后，靠水平找平的小李在卫生间里遇到了麻烦，他可以使地面非常平展，但我希望他做成个看不见的斜度，使地面的水能够顺畅地流入下水道，这看不见的斜度难住了小李，他的斜度总是叫人看上去一目了然。小白那天恰巧来做他隔天一次的"闲转"，看见了，也不多说话，从小李手中拿过坯子，趁着水泥还湿，迅速地修改了小李的活儿。淡淡地说，这活儿单靠仪器不行，需要有手上的功夫！

　　小白修改的果真是好，黑白相间的瓷砖上，水从看不见的斜度上迅速流过，恰是我想要的效果。我大大地夸奖小白的手艺：

　　看不出小白还是个手艺人啊。

　　我可是做过八年瓦工的!

　　那干吗不和小李竞争我家的活儿？

　　都不容易。再说如果没有我，泾河的沙子咋能来到你们这些城里人的家里呀!

高师傅

高师傅的家在渭北的蒲城。陕西有一句俗语：刁蒲城，野渭南，不讲理的大荔县。意思是说，蒲城的人刁，难打交道。高师傅之前，我没有过跟蒲城人打交道的经历，不知道这俚语中有多少真的成分。

木工高师傅有点气宇轩昂的味道，这不仅指他的人高马大，加上他的巨大的工具箱，和表情之中对于自己手艺的那份不想掩饰的自信，让他看上去确实与众不同。这份特别被走在高师傅后面的他的三个矮瘦的徒弟一衬，立即显出高师傅作为主角的必然性。

是通过领工中介高师傅才找到我家干活的。后来当中介弄明白我并不打算在自己家里打家具、造装饰的时候似乎很失望，大有退出不做的意思。倒是高师傅热切，说：不是还有门和窗吗？门是嘴巴窗是眼，是顶重要的。六个门八扇窗，加上窗台门廊的，够我施展手艺的喽！说罢一声长啸，声音震的人耳朵嗡嗡地响。仔细听，无非是"祖籍陕西蒲城县，杏花村里是家园！"之类，也没有什么特别的唱词，伴着"呀！""哇！""啊！"之类的叹词，但若是跟眼下常常蹦跳在年轻人嘴角的同样的一些词对比，境界却大有不同，婉转徘徊，低似直抵地底，高可攀上云霄。这些简单的词一经高师傅的嘴，似乎就带上了魔力，一会儿让人心跳加速，一会儿又叫人身上起一层鸡皮疙瘩。

如此近距离的领略秦腔在我还是第一回。比如高师傅站在我家家徒四壁的门廊下"呀！"地一声长啸的时候，我确实在瞬间忘却了自己身在何处，眼前的这四五个人也似乎消失了。如果要表达自己的感受，仿佛是身处无际的旷野，烈日当头，行路寂寥，目的地因遥远而不敢站下来片刻遥望，怕连最后一点行走的力气都消失掉。

顺便说一句，在我仅有的一次不得不陪外地朋友观看秦腔晚会的经历中，我是带着耳机看完一场演出的。因为模糊了听，就格外集中了视，但遗憾的是那天临出门时忘了带眼镜，所以就算是坐在前面，也视野模糊一片勉强分出个黑头和老旦。

等我从高师傅的"一声吼"中回过神来的时候，高师傅已从他的工具箱里取出了所有的行头。他问我要设计图纸，我说因为简单基本上不需要什么图纸，我说我现在就当着你的面比画给你。你只要照着我说的去做，肯定不会有错。一边说，一边把几个简单的细节写在一张白纸上。我相信我说得非常清楚了，可我看见高师傅一时收敛了脸上所有的生动，木讷地看着我像是回不过神来的样子，半天说，就这些？你要是有力气锯木材你自己都可以做了，何必要我这个师傅呀！我试着问：简单不好么？你更容易做到！高师傅的脸红了，看上去像是隐忍着恼怒，说，你尽管复杂着画，反正价格已经说好了不是，我又不会因为复杂而涨价。你只管把你能想象出的复杂都说出来！我实在有点想笑：那里有强要人复杂的师傅呀！只得说，你又不是卖材料的，我复杂了对你只有麻烦而没有好处！还是按我说的做吧，我喜欢简单。

高师傅接受了我的"简单"但看得出来我并未使他在心中认同我。是隐瞒不住或是干脆不想隐瞒的下属面对他在能力上有所怀疑的上级脸上常有的那种表情。

工程在高师傅的时而低徊婉转，时而贯彻云霄的秦腔声中开工了。不久我就发现这是一个多固执的人呀！我说压门的扳子要窄，他说要宽，然后再压另外的木条；我说门廊处只需搭三条横板衬出我的一只羊皮纸的吊灯就成，他坚持说只有搭成积木形的才像是他这种手艺人的所为。卫生间的门他要镂空，阳台的窗他要做出云纹。我说你要坚持这样去做那就不是我的家了！他说你不应该嫌弃自己的眼睛和嘴巴长得比别人家的好看！我忍着气笑说，你做你的，回头我再请人把你做的拆掉拉倒。高师傅不再坚持，脸上大有一种"道不同"的干脆闭嘴的决绝。

的确，那点简单的，在高师傅的眼里根本就算不得活儿的活儿很快就做完了。手工果然像他自夸的那样：没得谈嫌的！我大大的夸赞他的手艺，他一点不领情：喊！就这点事！还算个事！

只等明天领工来算了工钱他们就走的。第二天再去，房子里多了一只墩子：五面镂空八角云纹一面镶一胖"福"字的墩子！简直是太奢侈了！高师傅说，用剩下的角料做的，你可以当个脚凳啥的！这份求之不得的意外的获得让我大为感动，一时怀疑自己当初对高师傅断然的拒绝是否是错误的？

我没有像高师傅说的那样把他留下来的那只墩子当成攀高时的一只随便的脚凳。它被我放在阳台上我心爱的一只摇椅边，我在上面放我的茶杯，在一切有闲的时光里。

我想我这样做，或许保有对于一个热爱自己的手艺的手艺人的敬意吧。

岁月深处的那一次偷袭

按辈分那条藤曲曲折折地摸索过去，我们该唤他"爷"。但没人这样叫他。倒也不是他特别的不配，而是我们叫顺了嘴。唤他爷，不足以表达我们自己。

他的名字叫宽明。

于是，我们就"宽明"、"宽明"地唤。连刚刚学会说话的孩子都学会了这样。

村子依着河的两岸，鸡鸣狗吠，热闹得很。宽明的庄宅却在坡地上，独门独户的，灯明灯灭，很像是一颗寂寞的独眼。自自然然地，他就划在了我们的生活之外。

在我们这群孩子生活之中的，是宽明家的果树。

村子里，每一棵果树都凋零得早，那缘于我们手中各式各样的武器。竹竿、木棍、一棵急如投林飞鸟般的石子。即使是在最细的树杈，最高的枝头，我们也要让谨慎的石块把它们一一地歼灭掉。谁让我们的肚子总是处于饥饿的状态呢！

我们用衣袖揩抹掉一滴在鼻尖摇摇欲坠的鼻涕，睁大眼睛在每一棵树下搜寻，我们的眼睛是最精密的探测仪。希望到头来大都空洞着，偶然的惊喜是那些似是而非的树叶的欺骗。这时我们就会不约而同地把目光投向宽明的庄宅。

那简直就是一棵挂满了礼物的圣诞树，是童话中无所不有的乐园。

先是姐姐引诱妹妹，想不想吃又甜又脆的桃呀？还有金黄的麦杏？姐姐的话没说完，妹妹的口水早就流出了牙齿外。姐姐说，那就快去宽明的庄宅摘一些回来呀！妹妹说，姐姐高，手长，姐姐去。姐姐立即变脸：我

167

们大了，万一给逮住，一骂，将来怎么见人呀！你们去，若给逮住了，就跑。绕着村子跑，别直接回家。

我们还是去了。心里又害怕，又有一种做贼的兴奋。

从太阳地里一踏进宽明的庄宅，浑身的热气立即就被收束了去。树们像一朵朵巨大的云团罩在头顶。阳光斑斑点点地落在地面上，两间破旧的石板屋像只窝缩在阴处的甲壳虫。蹑手蹑脚地走过门口，只见被年深日久的烟熏黑的矮屋里，门口赫然一灶，靠里的山墙边，有一个肥阔的土坑，坑上堆着一堆烂抹布似的东西，有胆大心细者，轻嘘一声：没事，在睡觉呢。但我们还是绕到屋后，偷袭那里的树。

天哪！在屋后，杏像繁茂的谷穗累弯了枝头，见我们来，一穗穗迎风点头，而桃早都笑裂了红嘴，它们在齐声欢呼我们的到来。

我们短短的人生中一个最最幸福的时刻就这样到来了。我们如饥饿的蝗虫，被嘴边的幸福冲击得昏头涨脑的。

一个炸雷当头爆裂，所有的幸福像遇刺的气球。

眼前站着雷神宽明。

小偷成了呆鸟。

目光被盯在眼前的这个人身上。只见他身材矮小，稍嫌驼背，眉浓而粗，面黑似漆，看我们的时候眼睛作微眯状，一种黑亮的光射得人脸发麻。如果再减去三十岁，他就是一尊贴在新年门板上的门神。

不知谁喊了一声，呆鸟一时警醒，就近射进了一片矮树林。

宽明也跳出了那种对峙。他折身跑向了村子。从村西头跳到村东头，又从村东头跳到村西头，他跑着号叫着，赶得鸡飞狗跳的。整整一个下午，把他遭打劫的消息散布到每一个角角落落。

我们在林子里躲到天黑后回村。脸自然破了，篮子早丢了，我们最后得到的是姐姐们清一色的耻笑。

我们后来在放学上学的路上再见那个影子就觉得更加害怕。倒是他，却来搭讪我们，问，你爷好吗？你奶好吗？你爹多久回一次家？你家的地是你娘一个人种？我们开始惧怕，后来竟成了不屑，我们不屑跟他啰嗦，于是我们脚步不变地前进，留下他在我们扬起的尘土里独自犯傻，自言自语。

因为那时正是冬天，树上又没结着果子。

宽明后来死了，据说他大清早起来去挑水回屋放下水桶出门，就从门槛里栽到门槛外去了，从活人的门槛栽到死人的门槛里去了。

于是，我们曾伸出过兴奋的手指的果树下，鼓起了一个大大的土包，那是宽明的最后宿地。

那片孤独的庄宅彻底地荒芜了。荒芜了的地方，野草年年葳蕤，而桃花、杏花岁岁烂漫，再把谷穗似的果子悬坠在那片荒凉之上。

只是我们，再也没去偷过宽明家的果子。那是乡人的禁忌，活人不争死人的东西。

多年后我想，是我们，是宽明眼里近于天使的我们，给了那个可怜的老鳏夫一次在村人面前发言的机会，给了他一次宣泄不幸与孤独的机会，他其实早都在盼着我们去偷他那谷穗似的压弯了枝头的果子。只是他选择的方式稍有些不同罢了。

只是那时，我们没有能力，也没有精力去试图理解别的事情。就是这样啊。

萨摩烧

倪萨的职业就是去世界各地游走。浪漫之旅上，倪萨收获过三个老婆，又遗失了三个老婆。朋友嘲笑倪萨是一个只知创业却不懂守成的武夫。

香草遇见倪萨的时候倪萨刚刚把第三任前妻送去日本，独自归来的倪萨表情里有一份难言的落寂。朋友心中歆羡，嘴上却一片嘲讽，说倪萨是一所培养留日学生的学堂，因为在此前，倪萨就曾两度去日本，送前两任妻子去留学。

歆羡嘲笑过了，朋友笑眯眯地接过倪萨带回来的礼物，然后一拥倪萨，说要为倪萨接风，说让友谊来疗这爱情的伤吧。

香草就在这一次认识了倪萨。

在那群铁嘴朋友面前，香草瞬间就明白了倪萨的许多，了然的样子像读一份履历表。望着温文尔雅，衣着佻挞举止周正的倪萨，香草眼睛里的好奇像金鱼嘴边的气泡。

那是那个冬天最为寒冷的一个夜晚，但外面的冷恰巧就衬出了屋子里的热，一伙人在城南的一家火锅店里围着温暖的炉火吃狗肉喝烧酒。

被那样热烈的气氛感染，从未证明过自己敢不敢喝酒的香草勇敢地端起了酒杯。一杯酒就让香草微醺，蒙眬着眼睛去看倪萨，就看见倪萨也在看她，用目光在说，你会喝酒吗？不会醉吧？醉了也很安全！香草就在心中叹了一声：这样的男人啊！可她们为什么都要离开他呢？

等他们在深夜走出那家火锅店的时候，才发现外面下雪了，那可是整整等了三个冬天的雪啊。自然又是大呼小叫了一回，当倪萨说请香草留下联络方式容他改天补送一份礼物的时候，香草立即在雪地上画出了自己的

电话号码。

香草在第二天就得到了倪萨的礼物——来自日本的萨摩烧，一只下半截灰褐，上半部霁红，中间横一带孔雀蓝的陶罐。香草又在心中"啊"了一声。

香草想倪萨肯定是在乎自己的吧！她告诫自己应当矜持一点，可她嘴上说出的却是要请倪萨吃饭，说为了这份叫人如此喜欢的礼物呀！

吃饭的时候，香草连蒙带猜外加倪萨的翻译就知道了这样一个故事。

说 1600 年春天，日本一位叫岛津义弘的藩主心爱的女人死了，心中无限凄凉的藩主决定出门远行，以此来减轻内心的悲痛，藩主踏上开满金达莱花的朝鲜的土地，他被那里的工匠烧制的一种陶器深深地打动了。看着普通的泥土在工匠手中魔法似的变幻出如此奇妙的陶器，藩主岛津义弘在那一刻打定主意让自己成为一个热爱泥土的人。

离开朝鲜的时候，岛津义弘带走了 38 个大大小小的陶器和三名优秀的陶工。

不久，在日本鹿儿岛一面长满了松树的山冈上，一洞名唤"吟松"的陶窑就这样诞生了。

在一个新月初上的夜晚，陶工挖来树下的泥土，汲回山涧的清泉，赶在日出前和好泥巴，这些和好的泥要放很长一段时间，每天添水，搅拌，等着"泥醒"。然后陶工要在一个装满了阴凉的房子里细心地做这些泥土，把它们捏成心中的模样。这时差不多已是月圆之夜，陶工将那些成型的陶器搬到月光地里给月光照耀过后，再将它们放进窑洞——让它们在烈火中永生。据说，每一只萨摩烧都有"斯时"、"斯地"、"斯人"的意思在里面。

听完这个故事，香草直瞪瞪地望着倪萨，问倪萨是否拥有过两只这样的萨摩烧了？倪萨用一种能洞穿人心的眼光看着香草，觉得封闭的内心有一扇门訇然洞开。

半年后，香草要告别单身、倪萨要第四次结婚的消息溅出一片哗然。反对是一致的。香草的朋友说，疯了，香草，单身再不堪，总比嫁一个花花公子好。倪萨的朋友说，倪萨还没有受够开学堂的苦。

嗡嗡嘤嘤中就收到了红红的请柬。

婚礼在两人的新居举行。心中七上八下的朋友说过了祝福天长地久之类的话，就参观他们布置得跟博物馆似的起居室，那里收藏有来自西藏的唐卡，有二战时美国大兵戴的帽子，有印第安人画满了神秘图腾的银盾，有来自印度的草编鞋子。当然还有那三只大小不一、颜色纷呈的萨摩烧。香草把倪萨赠她的那只也搬了过来，那抹孔雀蓝在灯下闪着冷艳的光泽。

尘埃落定，倪萨重新上路，香草仍做她的自由撰稿人。只是香草的文章越来越小资，说什么当爱情在人间烟火中被熏得黯淡的时候，她选择放飞与守望，她在等待中想念，在想念中美好。她说她遇见了她的船长，她很幸运。等等。等等。

阿、阿弥陀佛！朋友们说。

失之交臂的人

所有的认识都是从不认识开始的。这两个人也是这样。

是怎样认识的，那一天的天气如何，是白天还是晚上都不再重要。总之，是认识了。他们都为能认识对方感到高兴、喜悦。彼此很珍惜这偶然的相遇。

认识以后就应该是交往了。在这里，他们显现了和别人不一样的地方，或者说，别人跟他们不大一样。

他们不在同一城市。认识她的时候，他正筹划着要在她的城市里开一家分公司，因为认识了她，他对这个城市有了多一层的温暖感觉。他等待着在适当的时候给她去电话，约会她，请她吃饭，跟她交朋友。他甚至设想未来在这个城市的生活因为有了她的参与而美妙。肯定是美妙的。他时常这么想。

这之后的某一天，他的手机丢了。他记在手机里的她的电话号码也一同丢了。他分明记得他向她要电话号码时的情景，但那个他没来得及打出的电话号码现在又成了他命里的未知数。当他添了新手机的时候，他想，他把她永远丢了。丢了只能是丢了吧？尽管这会使他往后的日子里想起她的频率会高一些，可也只能是丢了！他沿用了旧的手机号码，他觉得自己的坚持里有一种守株待兔的意味。现在只能坐在这里等她找他了，可她，会找他么？

某一天他坐在安静的办公室里，不觉又想起她。这时，他放在桌上的手机"呗"的一声响。

嗨！他突然就笑了。他知道是她。他那一刻的笑容灿烂极了。

他立即给她回电话。他喜出望外，他忍不住就对她倾诉了这么久以来他对她的想念。他说，我以为我把你丢了呢！我以为我真的把你丢了呢！他像个孩子，反反复复地说着这句话。他给她说了他丢手机的事情，她在那边也忍不住的大声感慨，她说，原来这样啊！你真的不知道我也把手机丢了呢，隐约地记得你的手机号，是因为那天你说给我的时候，后面的几位数字跟我家原来的电话号码非常相似，我排列组合了好多遍，觉得这个很接近，就打了，就通了，还真就是你啊！真的没想到啊！

她的语气里满满地装着喜悦，他听得出来。而他的惊喜，也早已经溢于言表了。

可突然像是给什么噎了一下。她问，要是我不先找你，我们从此不就失去联系了么？

可不是！他大声说。有种失而复得的侥幸，和通常在这种状态下持有的珍重之心，忘我情态。

可我告诉了你我的单位的呀。你要找我也是能够找得见的么！

他像是给谁猛击了一掌似的觉得尴尬。语气不觉也跟着迟疑了一下。

她的确是告诉过他她的单位的，记得他当时还炫耀自己的眼力，说他能从她的气质谈吐里判断出她的职业。

明显的，他感觉她在那边陡然的沉默。

他收敛了一种狂喜，努力想要挽回什么。可一时又不知该挽回什么？怎么挽回？嗯嗯着找词，心里也很奇怪自己怎么从来都没萌生过去找她的念头！他为什么没想到去找她呢？因为对他来说这并不是一件太难的事情啊。

她适时的转变了话题，语气听上去煞是平静，快乐。像春日午后玻璃窗外明媚的阳光一样。

他们后来说了再见。说再见的时候他很想问她，他们以后还能够再见面么。可那句问话噎在喉咙里，终于没有问出来。终于听见她在那端说，再见。他心里突然明白，这一次自己真的是把她丢了。

不再见面，也就再也没人知道，为了排列组合出记忆里他的那个似是而非的电话号码，她把自己仅有的那点数学知识都使用上了。在连接上他，在听到他声音的那一瞬间，她简直有中了头彩的喜悦。可谁想结果竟

然是如此地不在意料之中？

　　本来他们会因为失而复得而格外珍惜缘分，成为非常好的朋友，或者爱侣。但是现在的结果是，他们成了两个失之交臂的人。

　　人来人往的大街上，那些迎面走来的人，又背向而去。擦肩而过，失之交臂。

给你一支烟

　　榆林人王远山的媳妇是南方人。这个南方女子看见牛羊肉会犯晕，却极爱吃陕北的烤土豆，这下好了，陕北的沙地土豆也能让她在远离故土的地方长得细皮嫩肉、齿白唇红的。因烤土豆的缘故，一年到头，王远山家的火炉总是比别人家生得早，熄得晚。反正他一点不担心会没有煤烧。因为王远山是榆林煤矿上的运煤司机。王远山觉得弥漫家中烤土豆的焦香就是他闻得见的幸福生活。好几年了，王远山的煤都拉往一个地方，关中富平的陶砖厂。在榆林和富平之间，王远山每周要往返两次。

　　据说富平陶砖厂的陶砖销往日本和北欧。日本和北欧？那是王远山不能抵达的远方。有次送完煤，王远山临时决定参观一下窑炉。从泥胚房直看到窑炉车间，跟刻花女工和烧炉师傅都聊了天，问他们一些简单和复杂的问题。在窑炉前，王远山被告知，窑炉里的温度要有一千五六百度呢。一千五六百度是多高的温度？王远山问。就是能把一根生硬的钢棍在一声咳嗽里变成白炽的钢水。王元山"噢"一声，觉得真是了不得。

　　由那些炽白的炉火，王远山联想到自己，烧火的煤是自己送的。他还想了榆林，想了日本和北欧。想着想着，他就觉得日子很美好。他运来的黑煤把这边的红泥烧成贵重的陶砖，这件事真美好。

　　王远山在富平陶砖厂常打交道的，一个是供应科科长，也姓王，一个是看门人老田。王远山每次见他俩，都要给他们发烟，一人一支。榆林卷烟厂产的"延河"牌香烟。煤车在进大门的时候这两个人会同时出现在王远山的眼前，老田是要给他开门放行，王科长是给他运来的煤过磅。尽管过磅就是开着车穿过一道窄门，但他们都很认真，虽然几年间从未出过差错，也一样不减一分地认真着。认真真好。王远山打心眼里喜欢这认真。

觉得他们的认真使他轻松。

在从车里下来走到大门的空档里，王远山装在上衣口袋的烟已经在手上了，五步走到王科长跟前，先给他发一支，再三步走到老田跟前，给他发一支。然后走回车里，发动车子，过磅。过完磅多半就是下午了，然后王远山会去砖厂食堂吃饭，饭很简单，一份菜，两个馒头，一碗免费的汤。但吃饭的人吃得从容，因为即便是压缩了吃饭的时间，他也会歇够一个小时才往榆林返。这是他的南方媳妇交待过的。王远山的媳妇跟王远山说，吃过饭立即上车赶路的司机都会得胃病。王远山在心里笑他媳妇：你又没当过司机，咋知道的？但话却听进去了，就算媳妇不在眼前，看不见，王远山也愿意遵照她的嘱咐，他觉得那样做，他得到的幸福似乎就能放大一倍。

王远山送煤是隔天一次。中间歇一天，再走。王远山对自己的日子真满意。

去年一冬干旱，樱桃开花的时候却下了一场罕见的春雪。大雪封堵了所有道路，王远山的煤车在距离富平十几公里的马兰走不动了。一车煤僵卧在公路上，三天，也没能动弹半步。第四天的时候，矿上催问的电话一个接一个打来，说是陶砖厂那边再不能等了，再送不去煤，他们就得停炉，停炉是他们建厂以来从未有过的大事故，损失之大难以估量。那个一向好脾气，说话从来都是慢声慢气的王科长在电话里的声音都变了。但是王远山的车就是没有能够挪动的痕迹。来去的路线王远山是比自己掌心的纹路都要熟悉的，眼前的道路不通，就别指望会有更好的出路了。

唯一能救他们的，就是天赶紧晴朗，赶紧出太阳，毕竟是春雪，太阳一出，就能融化，就有救了。

天在王远山眼巴巴的期盼里总算晴了，正是夜半，看着天上高远的明亮的星星，王远山熟悉的幸福感又回到他心里。

那夜，王远山在离他车子不远的村子里等待天明，当曙色在山头上显现时，王远山已经回到自己的车里，他慢慢发动车子，慢慢启动。果真，虽然积雪很厚，但车轮碾进去的时候雪是松软的，不像前几次那样发出僵硬地拒斥车轮的喳喳声。

尽管比蜗牛走得要慢，但是只要往前，就是希望。

十几公里的路程，王远山整整开了十个小时。在陶砖厂门口停下的时候，天已漆黑了。扑向王远山的，是王科长，后面跟着看门人老田。王科长是一把把王远山扯住，连推带搡，激动的。

只有老田，静静的，看着王远山笑。似乎在说：多急人啊，终于到了！到了真好。

听王科长说，在陶砖厂厂长急得给榆林煤矿打电话要按违约处罚煤矿的时候，是那个老田，静静地拿了扫帚，把陶砖厂从前堆放煤的地方仔仔细细地扫了一遍，老田扫出来的煤烧了这大半天。维系了窑炉的温度不变。

王远山在王科长的说话中看老田，第一次觉得老田是那样地老，他站在那里安静得像一个影子，却又那么地让人踏实。

王远山再次拿出他的"延河"牌香烟，像每回那样给老田递上一支，说：老田，吸一支。

话说出来，王远山才觉出，这是六年来自己给老田递烟时说的唯一一句话。

看灰灰谈恋爱

世界注定了是为某些人而精彩的。比如说灰灰，就是造物主极其偏心眼的一个明证。他把人世间的诸多美好都集中到了这样一个人的身上：俊美、优雅、诗意、风趣，还有富有。

这样的灰灰就有了那样多的女朋友，灰灰一言以蔽之，曰：我的绿袖们。

看灰灰和他的绿袖谈恋爱，成了我生活中的一项内容，谁让我们是"哥儿们"呢？我不知道我和灰灰之间这种忘记了性别的交往是幸福还是悲哀。看着风流优雅的灰灰和他美丽多情的绿袖走在一起，我会把偶尔泛起的醋意适时地吞咽下去，把祝福的字眼长存心底，还是那一句话，谁让我们是哥儿们呢！

灰灰说，我们喝酒吧，木棉，我失恋了。

这是灰灰的绿袖第几了？她叫睛睛，外语学院日语系毕业的，聘到灰灰的旅游公司做导游，之后就是和灰灰迅速恋爱，迅速出国。睛睛要去日本，可灰灰却从睛空万里的睛睛眼中看见了灰飞烟灭的感觉。

我说灰灰，是你自己敏感了吧？人家要出国，你就有一种被遗弃的感觉，这不太符合你灰灰与人为善、剑胆琴心的作派吧。灰灰说，绿袖1、绿袖2不就是明证么？她们不都是只一去不返的鸟吗？想想也是呀！绿袖1现在美国加州，嫁给了一个老华人，绿袖2现在澳大利亚，嫁给了一个庄园主，做牧羊姑娘。我想象着身披澳洲羊毛披肩、骑在羊背上的绿袖2，遥想着在加州明媚海岸边兜风的绿袖1，一脸恍然大悟地朗诵那篇《好女人是一所学校》，当然我没忘了把"女人"准确地更改为"男人"。灰灰说，木棉，你怎得这般心硬，都这个时候了你还嘲笑我！再说，若我真的是所好学校为什么她们不从我这里毕业？我猜想那一刻我的脸准红了，我反驳说，首先我就没有看见你难过的样子啊，瞧女朋友都要走了，可你却在这里和另一个女孩泡吧，连一点点失意的姿态都不做一做，这样的男人被人抛弃也是活该……灰灰含笑低眉地一任我说下去，末了，手臂长长地伸过来，酒杯轻叩我的杯沿，说，你哪里懂我的心思，你哪里懂啊！一副"曾经沧海难为水，除却巫山不是云"的样子。灯影中的灰灰和他的话让我怦然心动。

灰灰某一天对我说，他要辞职，他要去旅行，然后回来重新找一份事情做。灰灰说，我都快成你眼中一片灰色的老风景了，得变变了。

我知道那段日子有几家新闻单位在组织一个名为"西部行"的采风团。采风团将从西安丝绸之路起点出发，历时两月走完跨越陕西、甘肃、内蒙古、西藏，再折回陕西的一个大回环。

灰灰跟着采风团走了。

在接下来的日子里，我的手机每天都接收到一条来自灰灰的留言：

木棉，我在敦煌，今天我虔诚地在佛前许下一个心愿。

木棉，月牙泉边的月亮升起来了，千江有水千江月呀。

木棉，今天头痛得厉害，这大概就是高原反应吧。

木棉，今夜宿在红旗拉普兵站，雪山静默。

木棉，你走路的样子像极了藏北野羚羊奔跑的姿势。

木棉，未来我一定让你领略在牛粪的火焰中烧热午餐肉的滋味。

……

我读着灰灰的留言，空旷的心野上思念的草木日日葳蕤。城市灰色的天空上偶尔可见南飞的雁群，秋天到了，灰灰你要注意保暖，高原之夜一定寒冷彻骨吧！我猜想灰灰一定是刻意不让我把回讯传递给他的，他的手机拒不接受我渴望给予他的全部的想念和问候。我在无限的寂静中反复回味灰灰的那一句话：我都成你眼中一片灰色的老风景了！我抱着灰灰的那一句话取暖。

我是从晚报的头条上得知灰灰回来的消息的，那张大大的"最后的全家福"上，我看见英挺的灰灰站在后排，灰灰瘦了。灰灰笑着。灰灰的笑

容像冬天的太阳，温暖而疲惫。

那天黄昏，我的手机上终于显现了那一串稔熟的数字，我狂跳的心呼之欲出，我的眼泪呼之欲出。灰灰在那边说，木棉，你不为我接风吗？

我飞也似地下楼，扑向等候着的灰灰，把眼泪流进他的肩膀里。我说灰灰，你怎不让我去接你，把花环亲手套在凯旋英雄的脖子上呀！灰灰说，傻丫头，你就是我脖子上最美丽的花环呀！

情人节这天，我收到了来自灰灰的玫瑰，三支，红色的。灰灰在留言卡上写着：木棉，怕你不懂花语，我替花儿说出口吧，三朵花的意思是：我爱你。那天晚上，我问灰灰，所有走近你的女孩都从你这里跳出了国门，你不怕我走远吗？我可最想生活在丹麦了！

灰灰灿烂一笑说，你若去丹麦，我就先去安徒生的故乡，我会坐在童话里等你。

花儿与歌声

你见过动物迁徙吗？比如成百上千条蛇的迁徙？蛇们结队成群，秩序井然地穿过田野、河谷，去往谁也不知道什么地方的神秘所在，蛇经过时发出的"斯拉斯拉"声，至今回想都使我头皮发麻呢。项小羽的话叫我即刻想到刚刚在谷口遇见的那条黑蛇，想起人蛇彼此惊动蛇逃窜时连续舞出无数"S"型的生动，实在让人间的大小"S"一时黯然。但我还是不想再有这样的遇见，着实惊吓人。

算起来，项小羽在张坪乡工作十年了。他出生在张坪乡杨家院子村，除去在西安上过两年大学，他三十二年的生命有三十年是在这道巴山的褶皱里度过的。"做梦都想离开。"项小羽说。连动物都迁徙呢。

但我们这些来者，却一次次把项小羽推回到更高更深的山里去。我由衷地说，对不起呵，项书记，让你走这么长的山路，出这么多的热汗，晒这么烈的太阳，项小羽豪爽地说，咳，你都能行，我这个土著咋就不能行，只要你再来，我还再陪你。

我们去看牡丹。杨家院子村因漫山生长牡丹花这两年远近闻名。花吸引人不辞偏僻，远道而来。

如果有更高阔的角度，打量杨家院子，它就是茫茫巴山的一道小小的褶皱，难以识辨、可能被忽略。但当你试投走近，渺小的却是人了。汽车开到不能再开的时候我们下车步行，用两小时走完一道峡谷，再爬两小时曲折山路，就能看见星散在各个凹台上的人家。项小羽说杨家院子现在还有九户，共三十二个人。这两年人越来越少。死了的，搬到山外去的，整个张坪乡人口都是负增长。叫杨家院子的村里没有一户姓杨，比如他就姓项，还有姓张的，姓李的。虽是乡上的党委书记，但在这里项小羽绝不敢称自己是父母官。因为遇见的人可能是他的长辈、亲戚，他要唤叔唤伯。那些伯啊叔啊的，这会儿静静地笑望着他，问喝不喝，吃不吃，要不要在院场边歇一会儿？在没有纠纷需要这个晚辈出面解决的时候，他们对他还是够客气。那个项小羽唤堂哥的男人，这会儿正在院场边烧包谷酒，酒从烧锅里汩汩流进地上蹲着的一个陶瓶，堂哥就招呼大伙过去喝酒，我们这一队果然就有好酒的，也不推辞，过去用瓢接了，喝了。赞一声，好酒！喝酒的和酿酒的，一起乐。

已经看见牡丹花了，在坡地上、坪坝间、屋舍前。一簇、一片、一团。如雾、如烟、如霞。粉红、粉白、深紫。高过人头的，低矮刚及人膝的，一律慷慨地释放着香气，香气在风里流荡，如水般涤去我们一路的劳累。没有人说得清这牡丹是啥时候长在这里的，项小羽说他小时候就见遍地牡丹年年随草荣枯，也没人在意。春来秋往，牡丹兀自开，兀自落，像人一样生了，老了，死了。这两年，乡里实施一村一品农民致富工程，杨村人因地制宜地做起他们的牡丹种养，竟种出了新景象，现在，杨村牡丹名声响亮，春天会有很多如我们一样的人去杨村看牡丹。项小羽点评杨家院子人，说他们营生的是美好的花事。

坐着说话间，就见眼前的牡丹地里多了个人，县文化局吴局长去年搜集整理民歌时见过，说老人山歌唱得棒极了。大声朝那边喊，张老爹，过来抽根烟，歇一歇！那边回喊：腿不行了。话虽如此，人却慢慢向这边来。项小羽说，老人的腿是一次修路时被落石砸了。等他慢慢走来，吴局长说，唱一曲吧？回答说，声不好了。吴局长说，不要紧，唱得好呢。被邀者开口，歌声却像早都等不及似的冲出喉咙。从情歌到劳作的歌，到庆祝新生的歌，明明是欢喜的调子，却怎叫我听出这许多的苍凉感？

杨家院子美不美？有人问我。我说美。但是假如让我住在这里，在这清洁的空气葱茏的树木连绵的青山鲜艳的花朵之外，我还想要什么呢？比如通讯，电话不能是拿着手机翻山越岭去找寻信号吧？如果有根电缆上网会更好，要有洗澡的热水，要有路，方便我的朋友开车来看我……我想我的这些想法很土，但很奢侈。而他们，比如歌唱的张老爹，他的愿望，是什么呢？

　　眼看过了正午，项小羽催促先去吃饭。他说这里有两道山梁有电话信号，他安排今天午饭的电话是昨晚就打过来的，辗转通知安排在他父母家吃，估计午饭这会儿早准备好了。

　　告辞唱歌的老人，我们碥过一道山梁，回望，见老人慢慢返回他的花地边，老人边走边唱，歌声婉转飘来，吴局长说是孝歌。翻译歌词如下：

　　　　人活世上什么好？
　　　　说声死了就死了！
　　　　亲戚朋友不知道，
　　　　亲戚朋友知道了，
　　　　亡者已上奈何桥。
　　　　……

　　我想起项小羽的愿望，我在心里祝福他，愿他梦想早日照亮现实。

小小说语言艺术的舞者

杨晓敏

陈毓从 1996 年开始写小小说，无心插柳，却于偶然中见必然，出手便以《蓝瓷花瓶》《名角》《做一场风花雪月的梦》等作品，迅速占领了小小说创作的制高点。从第一篇作品开始获奖，十多年间，陈毓荣获了小小说领域的多个重要奖项。所发表的百余篇作品，悉数被报刊和精选本转载过。首届中国小小说金麻雀奖评委会给陈毓的评语是："陈毓具有天赋的艺术感觉，她构建了自己独特而丰盈的小小说艺术世界。她书写人性的复杂与广博，以天真、充满诗性的眼光观察世界和人的心灵。她的文字是湿润的晶莹的，在似乎是信手拈来的故事片断和人物组合中，把艺术的想象力发挥得瑰丽极致。意旨也明确：对生命意义的探寻，对爱情的追问。可以说，陈毓已形成自己的创作风格——忧郁而空灵，她的作品丰富了小小说的涵盖力。"

《琥珀》《伊人寂寞》和《美人迹》等系列作品，从艺术欣赏的角度看，已臻美轮美奂，而就思想内涵和智慧含量讲，尤有独到见解。《伊人寂寞》的构思，选取的是人类社会进化不可回避的话题。不取巧，不煽情，于冷静得近乎冷酷的叙述中，把科学与人道的相生相克剖析得淋漓尽致，自始至终弥漫出理性思考的光芒。我个人以为，获得永恒的，不仅是悲悯无限的孕妇标本，由于能把文学与科学、人物与故事诠释得如此完美，《伊人寂寞》同样可以传世，成为镶嵌在小小说皇冠上的明珠。在此意义上，虽说小小说写作者成千上万，但以经典作家的标准来衡量，以是否拥有数篇标志性的小小说作品来品评，以持之以恒的耐力来比拼，肯定是一条严格的标准。

在千把字的篇幅里，小小说的语言，是提升艺术品位的至尊法宝。在小小说姹紫嫣红的女性写作世界，陈毓的语言天赋尤为出色。她在叙述中长于自我情感律动的内省，在捕捉复杂细致的内心体验方面，表现出了女性特有的敏感。陈毓的作品大都是至情至性之作，率真又饱含着深挚的情怀，有典型的唯美主义和理想主义倾向，语言的灵动、轻盈姿态，有一种清风明月式的极致追求。《花香满径》和《看星星的人》延续了她在审美上的一贯风格——不以情节的冲突来塑造人物的性格，而着力于用柔韧、含蓄的语言创造一个清明澄澈的意境。在整体构思上浪漫抒情，在局部描写中诗意盎然。《看星星的人》构思奇特，想象瑰丽，人与大自然和谐一体，有一种脱俗的纯情美。陈毓的笔端带有浓郁的古典意味。《衣裳》犹如一幅仕女图，木槿树下的两个女子清新秀雅，人物心理刻画生动而又细腻，结尾更是别开生面，引人会心一笑。

即使放在成千上万的小小说写作者中，陈毓依然是个卓然的存在。她作品数量不是很多，至今每年也就发表二十多篇而已。但年年盘点全国小小说创作的成绩册时，谁也不能忽略陈毓——她的探索，她的风格，她那拨动读者心弦、美得令人目眩的具有阴柔气质的小小说新作。陈毓似乎精心控制着写作的节奏，像古典端庄的大家闺秀，把秀丽的小楷字一个个写在锦书上。陈毓的文字干净得近乎透明，从心灵深处自然而然流淌出来，把小小说的演绎当成她的诗意栖居。2005 年，陈毓发表的小小说《采诗官》中，那个在诞生《诗经》的年代里游走在民间的采诗者，甚至可以说是陈毓的精神写照。"从春到夏，我脚步不停地行走在民间的阡陌上，如同蜜蜂飞行在花丛中一样。在某一处打谷场上，一眼泉边，总有新的感动走到我的眼睛里，停泊在我的心上……"作为当代小小说艺术的"采诗者"，陈毓以其简净从容的文笔，温润而抒情的叙述，让我们远离时下某些文字作品流行的俚俗和粗鄙，唤回了对小小说语言的信心。

陈毓的创作题材分为古典和现实两种，前者大多源自浪漫的想象，或取材于历史神话传说，如《做一场风花雪月的梦》《不笑》《采诗官》《不见》《神话》等；后者则重在描写现实生活中的非比寻常的"另类"女性，让读者为这些可爱的女性的悲剧性命运而扼腕叹息。像《名角》《伊人寂寞》《美人鱼》《大师的袍子》等。陈毓所擅长的这两类题材虽然时间跨度很大，主题内涵各不相同，但有一个共同的特点，即作者对故事中的人物同样灌注了丰沛的感情。以情动人，是陈毓小小说的重要特点之一。她笔下塑造的人物，不论是古代或现代的女性，都那般妩媚多情，至纯至爱，简直像一首首醉人的陕北信天游。《名角》中的女主人公陆小艺，就是这样一个为情所生也为情所困的女子。我们形容说"感情丰富得像演戏"，小艺是真演，演得更是真情。她出生在梨园世家，从小就浸润在戏曲里，逐渐成了剧团的台柱子。这个天生为戏而生的美丽女子，千娇百媚，感情丰富，却困顿于黯淡的家庭生活中，一腔深情付诸戏中："她把那个虞姬演得千般柔情，万般刚烈"。"小艺竟从这部戏里醒不来了，她说中国只有项羽一个男人。"结局是悲剧性的，这个痴情到了极致的女子像一只逐火的蝴蝶，随着"项羽"的替身飞向死亡的虚境。读《名角》，感受着字里行间弥漫的令人心醉的情愫，使人深深体会到，说到底，文学是要深怀悲悯之心的，是对陷入困境的心灵和灵魂的一种安抚，在这个悲悯情怀的抚慰下，让孤独的灵魂回到真正自由的状态。从这个意义上来看，悲剧是高贵的。悲剧在希腊艺术中被认为是最高的艺术。陈毓小小说的悲剧倾向来源于她对人性这个命题孜孜不倦地探索。在小小说的篇幅内，能达到《名角》这样的情感深度是很难的。

《做一场风花雪月的梦》在陈毓的小小说中占有重要位置。这篇作品通篇描写的是一个青年女子奇丽而斑斓的梦境。女主角盖青是个江湖游侠，在秦国的旷野上，武功惊人的她与秦王嬴政不期而遇，并仗剑救嬴政于危险之中。在王宫里，盖青眼中的秦王只是一个孤独苦闷的男人，没有人理解他的柔弱。故事的背景一概隐去了，我们只能看到，又是盖青在宫廷祸患中用生命挡住了射向秦王的箭矢，完成了最后的爱情绝唱。我想如果张艺谋当年拍摄《英雄》时能看到此篇小小说，《英雄》的故事情节当不至于像现在这样单薄了。出人意料的是结尾，从梦境中怅然醒来，盖青的耳边响起的是丈夫"枕头都快漂起来了"的戏谑和唤她去麦当劳吃快餐的召唤声——原来这也只是现代白领丽人的青春一梦。梦境的幽远惆怅，恰是对现实中精神和情感缺憾的反衬。弗洛伊德《梦的解析》能造就新的文学流派，《做一场风花雪月的梦》能脱颖而出，一鸣惊人也自有它的道理在。

在陈毓的小小说远征之旅中，可以看到古典文学对她的浸润之深，历史人物，民间传说，现代解读，这使她的作品笼罩着儒雅隽秀的古典之美。2008 年，陈毓有三篇重要的小小说均取材于古代美人故事和传说。《不笑》里的绝代美女褒姒在历史上几乎与迷惑商纣王的妲己齐名，被封建文人诬为是导致西周灭亡的祸水。同样被冠以祸水之名的还有西施、貂蝉等等。冷静一想，一帮权倾一时貌似强大的男人垮台了，却把责任推给女人，可笑不可笑？陈毓并非女权主义者，她以一个现代女性作家的深度思考和感性认知，试图还原另一个褒姒。褒姒哪管他"一笑千金"呢，进了周幽王的王宫，她活得并不开心，谁也见不到她的如花笑靥，这当然包括周幽王。但是，在陈毓笔下，我们还是看见了褒姒的绚烂笑容，那是因为她看到了春天的原野。"一匹白马正从地心驰过，向着无限春色，向着天尽头，飘然而去。白马四蹄生花，万草为之摇曳。"于是，如宝石开花的绚烂笑容现在褒姒脸上。这是一幅画中画，一幅少女游春图，又像是一个精彩的长镜头，不由你也舒心一笑。可是周幽王哪里懂得这些？于是，燃烽火戏诸侯博美人笑的高昂代价是万劫不复。这篇小小说文辞华美，褒姒的形象摄人心魄，为我们提供了另一种历史参照。《不见》描绘的是汉武帝时"北方有佳人，绝世而独立，一顾倾人城，再顾倾人国"的李夫人，这是一篇唯美色彩浓郁的小小说，病入膏肓的李夫人在汉武帝来探视她时，决然以被覆面，不让他看到她的病容，并把所有的镜子都令人搬走，只求速死。李夫人的最后遗愿也是不让汉武帝见她的遗容。她尘世的美，如盛放的牡丹，越是绚丽越是短暂，却永恒在她的哥哥、著名汉代音乐家李延年的歌声里。陈毓新近发表的小小说《神话》，扑面而来的感觉是"辉煌"，美少女夸父热烈地爱上了太阳。于是，夸父与太阳之间望眼欲穿的每年一次的亲近，只能用"惊天动地"来形容。这篇作品的想象力达到了天马行空、无拘无束的境界，特别是夸父与太阳在温泉里沐浴一节："等她光艳地从水中站起时，她身上的晶莹水珠先自预报了太阳的到来。在巨大的照亮整个天空的光明中，夸父整个跌进泉水中，泉水因为太阳的入住而像水晶一样光明通透，又像沸了似的高高地激荡而起。"这就是陈毓心目中的爱情之光焰，令人叹为观止。

陈毓无比珍惜文字，珍惜小小说文体，这也许是她写作生涯选择的最好的表达方式。她的笔与众不同，一点皴染，千般妖娆，一环环漾起波涛，密匝匝地撞击我们的心扉。正因如此，陈毓的诗意写作就成了小小说矿藏中的稀有元素。

她在小说中寻找心灵的自由

——陈毓小小说创作印象

李 星

在小说学会 2006 年度中国小小说·微型小说排行榜上榜作家评选中，陕西女作家陈毓是评议讨论中最受推崇的几个小小说作家之一，她的几篇备选作品，均获得评委的一致好评。这都说明了陈毓小小说整体创作水平之高。作为评委，我为她高兴。

从出道不久的 1998 年以来，陈毓屡获年度佳作奖、优秀作品奖，读者喜爱的小小说作家奖，其作品也频频入选各类选集、选刊。高票入选权威性的中国小说学会排行榜，并备受评委称赞，更是对她小小说创作思想艺术价值，特别是文学价值的高度认可。

上世纪八十年代中后期，小小说题材范围从社会讽喻转向人性、人生思考，当大众对社会讽喻模式的创作逐渐产生厌倦的时候，陈毓的出现如一股来自山野和心灵深处的清风，不仅开了小小说创作的一片新天地，更以其超凡脱俗、独到飞扬的叙述，空前提升了小小说创作的文学品位。

陈毓的小小说创作，首先是超越了世俗忧患和物质困扰的心灵、精神化写作。她任由自己的心灵之鸟，自由而浪漫地飞翔，以古今爱情传奇、自己的童年回忆和成年后的人生体验为内容，在短短的两千字内，架构起自己小说世界中的爱情江湖，抒写出一个个勾魂摄魄的人性传奇。如果需要用一个关键词来概括陈毓的创作的话，那就是"梦"。正如她的一篇代表作《做一场风花雪月的梦》的女主人公盖青一样，陈毓的小说世界也是她的梦的世界。从陈毓的作品中我们也可照见她的深层心灵，在英雄剑侠崇拜的同时，是对纯粹而浪漫的情感、充分的精神生活的渴望，是对世俗的仇恨、争斗、背叛的超越与回避，是对理解与宽容，关爱与温暖的人际关系、家庭关系的向往。从表面看，陈毓的个性与气质是阳光的亲和的，她的作品也是阳光的诗化的甚至是唯美的，但从深层看，却隐含着深刻的对现实人际关系、家庭生活及女性生存现状的否定与超越，是掩饰不住的忧伤和女性命运的悲剧内涵。陈毓的写作是一种有文化心理深度的女权主义写作。这正是她的作品在给人以愉悦之后，却又能被深深打动的根本原因。举重若轻，寓庄于谐，融社会思想内涵于游戏娱乐的笔墨之中，正是陈毓的非凡之处。

其次，陈毓的小说中人物形象，也常常有一种神秘诡异之气，即使是现实性很强的人物，在陈毓笔下，也常常烟笼雾罩，突出着他们超迈脱俗的精神气质。尤其是她笔下的女性形象，几乎无一不是美艳绝伦，却又神秘莫测，与蒲松龄笔下化人的狐鬼形象如出一辙。

第三，陈毓塑造人物时，无论是描写形象，还是展现心情，所用的语言很少具有现实的确定性，大多属于发散式的意象式的语言，有一种或明丽或朦胧的绘画效果。在现代小说中，这种错位的语词搭配，常常会被视作平庸，因为它失去了与对象的准确对应，但在陈毓的小说语境中，它们却不仅在隐喻的修辞中合理存在着，而且构成了一种心灵神韵和意境，人们从中得到的不仅是心灵的感觉，而且是一种心灵的图像。这种意象化的修辞，不仅存在于局部而具体的描绘中，还大面积地叠印在环境的描写和过程化叙述中，不仅是事件的发展与突变，还有主人公心灵和感觉的视觉图像，或凄美而明丽，或眩晕而湿润。作者捕捉和表现瞬间感觉的能力常常令人喟叹。

尽管只有很少的接触，笔者仍能从陈毓的性格气质中感受到本人与她的小说之间精神和灵魂的关系。这在她的小说家朋友们的文字中能得到证明。上海的徐慧芬说她"美得像草丛里的一只狐狸"。于德北则用"晶透，幽然，美丽"来形容她的内心世界。而莫言则以一个著名小说家的超级感觉看出："这位陈小姐，笔下颇有巫意。小女子有了巫意，就是小巫。而小巫必定是多愁善感的，是半梦半醒的，是良善多情的"，具有一种"奇诡瑰丽的想象力"。所有这些，固然可以解释陈毓小小说创作唯美的浪漫与传奇，却很难面对如《做一场风花雪月的梦》中无边的忧伤，《长发的爱情》中对男人，《我只想看看你城市的模样》中对城市，《远方》中对人性的怀疑和失望。还是她自己的一段创作自述，给深陷迷惑的我们提供了打开她心灵的另一面可能："1997 年以前，我是个活得散漫随意的人，那时的梦想是有一个我爱也爱我的男人，我们住在有木栅栏的房子里，我活着的目的一半是为他洗衣烧饭，一半是坐在藤架下喝淡茶读闲书。"可是，"生活有时候是说变就变了的，就像是一条河，我们无法预料到那些未曾经历的前方。我深知写作改变不了我什么，但我知道，假使放弃，就会有真实的心痛。"既然 1997 年是一个界限，我们就可以猜想造成这变化的原因是什么？我更愿意猜想到一个常常做着白日梦的单纯女孩，在成长和婚姻家庭之后的世俗难题，这在一般女子那里可能很自然，但在常常生活在童话世界的作者眼中，却无异于从云端堕向尘埃，留下甚至正经历着难忘的伤痛，写作终于成为她拒绝物化现实，同时也是保存心灵自由与梦想的方式。这或许正是陈毓小说创作中的心灵背景，以及认识价值与美学意义。

小 小 说 的 陈 毓

侯德云

在陈毓那里，我看到了一种自由，一种文学想象力的自由，类似于被压迫人民翻身得解放时的欣喜若狂。

我指的是她在语言方面的天赋。

2002 年 4 月的某一天，我带着一个旅游者的心态来到西安。陈毓用她那洋溢着热情和善于行走的双脚，把我迅速引入这座古城的不同方向，让随行的芦芙荭再而三地气喘吁吁。在行走的间隙，我们常常会谈起文学。我不止一次谈到小说语言的音乐性问题。我口若悬河，以为真理就发源于我的舌头。芙荭听着，像一架老水车一样频频点头。陈毓却是满脸迷惑。她说："语言不是凭感觉得来的吗?"

陈毓的小小说语言的确是凭感觉得来的。她喜欢音乐，她的语言就有了音乐的旋律和节奏。她感到人生的飘忽不定，她的语言就像交叉路口一样同时呈现出两条以上的理解道路。她擅长使用不确定的个性化很强的语言，一个句式可以唤醒读者多种多样的联想。这样的句式在她的作品中随处可见：

"新婚中的她，爱情是醒里梦里的一片绿洲。"

"人生失意无南北。爱也罢，恨也罢，我从此只能沿着那条路走去，用我的美丽做盾，去抵挡住一个民族的强悍。"

"许多年之后，我留下一个青青的冢，在谁的回望里?"

跟陈毓的小小说语言相反，很多男性作家只会使用日常语言来表达大众的经验，像余华所指责的那样："就事论事的写作态度窒息作家应有的才华，使我们的世界充满了房屋、街道这类实在的事物……我们的想象力会在一只茶杯面前忍气吞声。"

很久以来，我对女性一直保持着某种高度的警惕。我不知道这是为什么。我知道的只是，我不了解她们。尽管在生活中我喜欢女性的丰满，但在思维之中，我很难勾画出她们丰满的人格形象。

陈毓大概是一个例外。

对陈毓的了解，并不是由于我目睹了她生活中所发生的一切，而是由于我走进了她潜藏在作品中的思维方式。那是一种感性的方式。感性，是解读陈毓最重要的一个词汇。

在尘俗之中，陈毓看不清自己心灵的面容。"忽明忽暗的心思"催促着她，将目光一次又一次投向了文学。她幻想有一天能够站在文学的镜子面前，细细打量自己的精神肖像。

"1997年以前，我是一个活得散漫而随意的人。那时的梦想是有一个我爱也爱我的男人，我们住在有木栅栏的房子里，我活着的目的一半是为他洗衣烧饭，一半是坐在藤架下喝淡茶读闲书。"可是，"生活有时候是说变就变了的，就像是一条河，我们无法预料那些未曾经历的前方。"

就在那个时候，1997年以后，陈毓通过文学的方式，开始了她人生中最漫长的一次寻找。"我喜欢那些真实存在着的白纸上的划痕。"事情绝不会这样简单，因为，"我深知写作改变不了我什么，但我知道，假如放弃，我会有真实的心痛。"

陈毓的内心情感是非常丰富的。她很敏感，她在作品中找到了自己的敏感；她很痴情，她在作品中找到了自己的痴情；由敏感和痴情联合制造的忧郁，她也在自己的作品中找到了，那么强烈，那么耀眼。

在陈毓的作品中，我看见一个对现实中的男人失去了信心的女人，以梦的形式，以沉溺于戏剧的形式，以臆想的形式，把爱情献给了历史深处的英雄。《做一场风花雪月的梦》，《名角》，《不归》，都坦荡地表达了这样的渴望，"寂寞空庭春欲晚，梨花满地不开门。"多愁善感的陈毓经常借助古典的琵琶来撩拨自己心中的万般柔情。"我从汉宫中唯一带走的是那把伴随我多年的琵琶,让它伴我,在无尽的遥想与追忆里。"她的情感还在远行,在追逐英雄的路上。她用旧绒布似的柔软的语言包裹着自己坚强的意志:"假如活着,这一生必将和这样的男人连在一起……"

在《走来走去的日子》里,我还看见一个女人心头掠过的一丝惊慌。这显然是那种面对当代都市生活的惊慌。"亲爱的米芾,今夜我真的很想你,我们想要的日子到底是什么样子呢?"这无疑是陈毓现实生活中某一瞬间的真实写照。

还有什么呢?

一个想爱又无法去爱的女人的惆怅(《爱情海》);一个用生命等待爱情返航的女人的落寞(《谁听见蝴蝶的歌唱》);一声幽幽的叹息(《蓝瓷花瓶》)……

我觉得,陈毓的情感在丁香丛中徘徊得太久了。是的,她的确在丁香丛中徘徊得太久了。"纱窗日落渐黄昏,金屋无人见泪痕……"她的心思与卓文君的心思有些相似。然而,她的"司马相如"在哪里呢?

向着幸福看齐

夏　榆

　　情急之下，陈毓就想自己有一把剑。

　　最好的地方是在大漠，或者古道，或者清幽的竹林，刀光剑影，沙尘飞扬，奔腾起伏。这可能是陈毓钟爱的气势和境界。除了热爱文字，陈毓喜欢剑。爱恨情仇通过一柄长剑来表达，仗剑疾行，挟刀光剑影游行在江湖之上可能是陈毓内心的渴望与梦想。

　　然而，我最初见到陈毓是在西安的一个会议上，我作为被邀请的记者出席那个冗长的会议。会议的间隙，在一个旋转楼梯间见一女子翩然而至，互换名片之后，她留下了自己的姓名和对某些事物颇有见地的看法。那个女子，就是陈毓。

　　后来就看到她的文字。她的文字是通透的，有光泽的，除了词语的精确和美，还有字与字连接推进时弥漫的韵律、节奏和诗情。值得注意的还有她书写出来的意象，古典的和现代的，她的书写风格是唯美的，内质是诗性的。作家莫言评述她的文字称之为：具有巫意。而巫意实际上就是一种奇谲瑰丽的想象力。阅读她的文集《蓝瓷花瓶》，我以为陈毓书写文字时依靠的是灵魂的觉知，而不仅是感官的觉知。我以为莫言的判断是客观的。

　　那些由陈毓的内心生出来的文字总是令人诧异的，那些有着韵律、节奏和美感的文字成为阅读者走向历史和典籍以及逝去时间的神秘之径。通过这些语词的指引，我看见陈毓的性灵如微风一般自如轻渺地在她的形而上的世界穿行。看见陈毓的文字，如同看见一处美景，循着她的语词铺就

的道路走，有可能就会迷失在一片意象丛生波诡云谲的胜境之中。

如同她写过的具有古典风格的《做一场风花雪月的梦》《琴挑》《西施》《不归》《奇迹》，那些生活在古代的聪慧灵秀才情卓越的女子们，盖青、西施、卓文君、王昭君，通过陈毓的文字之灵的召唤而重现；而她写出来的另外的文字《爱情鱼》《爱情海》《谁听见蝴蝶的歌唱》《随风而逝》《槐花槐花满天飞》等等是她对现代城市中人性及情感的叩问和追究。

在陈毓的内心有一个形而上的世界。这个世界被打开的时候，注定是在陈毓孤绝的时刻。那时候，她与灯影相伴，在暗夜中凝视，在虚无中沉思，在逝去中缅想。那些消隐在时间之流中的人与事在她的沉思和缅想中复活，而历史、经典以及古籍在她灵异的表达中重获生机。

很多熟悉陈毓的人把她归类为小小说作家，把她的文字归类为小小说。

就像陈毓做过电视编导，如今又做着画报的记者一样，热爱诗性迷恋语词对形而上世界怀有梦想的女子必须要穿越世俗世界的洗练，如同我们每个活着的人必须经历尘世间的生活一样。通过人的某种社会角色来将人归类是一种简化的方式，对于人而言，心质是重要的，感知的能力是重要的，表达也是重要的，被称作什么并不重要。

作为陈毓作品的阅读者，我认为她对文字的感受力来自天性，而不是来自职业的训练。

她的敏锐和她的心质和智性有关。我觉得拥有如此的感知的能力和表达能力，对一个女人而言是幸福的，她做不做作家，在不在文坛，归不归于某个圈子并不重要。

现在，陈毓每天要穿行在西安的城廓和街道中，为了安顿她的梦想和渴望挣取她生活的资本。也好。

如果说希望，那我希望她除了有钱，还应该有独立的能量。

我觉得独立的能量就是她梦想的剑戟。

凝神望，诗意浓

——读陈毓小说集《谁听见蝴蝶的歌唱》

陈 雄

每一个认识陈毓的人，在谈及她的时候，总不会忘记提及她的才气，仿佛一种仪式。的确，陈毓有着过人的文字感觉，她在驾驭文字时表现出来的那种令人惊叹的能力，可能源于她厚实的文学素养，也可能是与生俱来的天赋。写小说对于她而言，似乎太容易了，容易到信手拈来，下笔就是。

陈毓的这本新小说集《谁听见蝴蝶的歌唱》，我应该是比较早的一个读者，早在它还没有出版。那也是我第一次集中地阅读她的小说，然而，很快，我就被她充满诗性和古风的语言、天马行空般挥洒的想象所吸引。

充满诗性和古风的语言

熟识陈毓的人，可能都会觉得，她说出的话本身就是很好的小说语言。在她这本《谁听见蝴蝶的歌唱》中，那些充满着诗意和才情的语言就好比西安的古迹，随处可见。

在《采诗官》中，她把采诗官眼中春意浓烈的画面，描写得唯美浪漫，古韵十足："此刻，在宫墙外，在漫溢着草木香气的广袤原野上，花儿已经开放，勤快的蜜蜂先我而去。动物们从漫漫长冬里醒来，在原野上纵情恋爱。青蛙的叫声有点笨拙，公雉求爱的声音神秘、缥缈，它们时而现在低缓的坡梁上，时而隐在薄雾轻扬的沙洲，时而又骤然响起在我仓促的脚步声里。像是故意跟我玩捉迷藏的游戏。整个春天，我匆忙的脚步不期撞进它们的爱情之地，目睹了一场场盛大的爱情话剧。"

在《曾闻叶上题诗句》中，于佑在宫墙外徘徊，西风吹，红叶落，陈毓写道："一阵西风吹过，一片红叶打着旋儿从天上飘下，擦着于佑的肩膀坠落在于佑的脚边，一枚又一枚的叶子从天而降，于佑闻着那凉丝丝的清香气，感受着岁月在它们身上啮啃过的痕迹，心中一阵喟叹。他想，高的是宫墙，比宫墙更高的，就是这枫树了。"那诗性的语言，流水一般，闭上眼就能感觉到它的流动。

的确，陈毓的文字具有极好的氛围营造功能，这使得她的小说很有现场感。这种感觉效果的产生，在实际上，极大地调动了读者的阅读感觉，使读者在不知不觉中进入小说的情境，情不自禁地参与小说的进程，小说中人物的一颦一笑，一举一动因此变得具体可感，小说人物的情感起伏和心理变化也变得可以感同身受。

天马行空般挥洒的想象

《谁听见蝴蝶的歌唱》，我乐于把它看作是一个有着不同景致的大观园，而陈毓就是领着我们游览的导游。然而，她并不像一般的导游，念着千篇一律的说辞，挥着小旗蜻蜓点水地走过每一个景点，而是着力于用自己细腻的感受和天马行空的想象力，重新注释每一个景点，挖掘出其中或深层或特别的内涵。

我们在阅读《谁听见蝴蝶的歌唱》时，得到的是关于历史、关于人性的另一个版本。那些原本看似古旧、平实的风物，在她开阔的想象、诗意的语言的合力作用下，立时变得富于生气而有人情味。

于是，在《伊人寂寞》中，面对那名为"惊鸿"的孕妇人体标本，人们看到的是标本，而陈毓看到的却是一个人。人们在感叹造物的神奇时，陈毓却选择用自己的想象，去填补女人出事前所有温情脉脉的细节、出事后亲情在科学与金钱面前落败的无奈，在陈毓眼中，科学成为了出卖亲情的诱饵，所以她才能清醒地发现："那里，藏着科学的凉意。"

于是，在《出神》中，那个端坐在神龛之上，被人们顶礼膜拜了几千年的上古治水英雄大禹，在陈毓的想象铺设下，还原成了一个因治水有功，被敬为神明，不得不在神龛上终日浮想联翩、百无聊赖的普通人，虽然被人们当做神一样供奉，而其实他来世最大的理想只是变成一棵树。在《长安花》中，陈毓用她细腻的想象，再现了杨玉环死后，唐玄宗精神恍惚，郁郁寡欢，落寞而逝的过程。没有了宏大的历史背景，我们竟然在不自觉中，被这个真性情的帝王深深感动。

《谁听见蝴蝶的歌唱》的文字里，我所看到的陈毓，内心细腻，情感丰富，却又表现得安静内敛。在她那些审视生活、生命和情感的小说中，弥漫着一种难以言说的落寞的情绪，让人感觉，她的神经总是绷得紧紧的，有时甚至可以看到丝丝的慌乱。不知是出于女性的敏感，还是出于作家的忧心。

也许，正是这些复杂的因素，令陈毓的小说有一种别样的美感。

小巫文章

莫 言

　　陈毓发来邮件，说有大事，但不知当说不当说。我想大约是调动单位或是受了冤屈要打官司——常有把我的能力估计过高的人为这样的事情找我，结果自然是我挖空心思，努力去办，但办成功者从来没有。于是就回复邮件，让这个贾平凹贾老师的小老乡把要说的话说出来。回信说要出一本书，请我做序。我当时就晕了。

　　做序做序，稀里糊涂。我早就说过，一个写小说的，到了为人做序的时候，就有点不太妙了。这说明他已经或者老朽，丧失了创造力、到了依靠那点过去的浮名吃老本的时候。老朽吃老本，也还罢了，问题的关键是，这个世界上，一年产生那么多序，有几篇是有用的呢？我认为序有两种，一是把所序的作品研读通透，条分缕析，发现了一些东西，好的，不好的，观点鲜明，确有见地，这样的序，无论是对作者还是对读者，都有用处。作者可以从中见到自己的作品被别人如何看，与自己的创作初衷有何异同。读者也可从此得到一种阅读的参照和提示。第二种序是所谓名人的序，多是敷衍了事，人情文章，有价值的不多。名声暂时还不够响亮的作者，以为借着名人的名声，就会使自己的作品受到重视。但这样的效果，多半是作者的想象。当今的时代，读者已经十分成熟，而且大半的读者，本身就是作者，他才不会因为某个所谓的名人的一篇序就掏钱买你的书。文章不好，天王老子做序也没有用。文章好，口口相传，不胫而走，想不出名都不行。看到上边这些话，我估计陈毓也快要晕过去了。好了，赶紧谈谈她的文章。

第一个印象，她的文章，在文体上很难界定，说散文也可，说随笔也可，说小说当然更可，本来就是当小说发的。我读了她发来的一组文章，都是短小精悍，十分优美。读她的文章，让我再次想起我前几年发表过的一个谬论。我说，所谓散文、随笔、小说，其实没有泾渭分明的界限。有许多貌似散文、随笔的文章，完全都是虚构，而又有许多看起来很像小说的文章，写的恰是作者的亲历。我读陈毓的文章，感觉到她在写作时，大概也没有想到自己是在写随笔、散文或者是在写小说。她大概只是有感而发，她只是想到了山里的美景、世上的奇人、奇事，然后就让自己的文字如同山间清澈的小溪往外淙淙流淌。而许多的好处，也就这样流出来了。古语所谓得鱼忘筌，读陈毓的某些篇章，可以体会到忘却文体的意境。

第二个印象，她果然是老贾故乡人，文字清丽，千回百转，语言有诗意，文章中有画意，多象征，确实不俗。而这好的文字，也不是跟着啥人学的，好的文字其实是天生的，就像鸟的鸣啭是天生的一样。她的家乡在秦岭之南，那里已属长江水系，雨量充沛，气候温暖，野生动物很多，有国宝大熊猫和娃娃鱼，植物有号称活化石的水杉和满山遍野的杜鹃花。十几年前我尚在军队服务，曾乘坐吉普车，从陕北的黄土高坡，一直走到陕南的繁茂森林。陕西的气候地貌差别之大，在全国的省份中，实属少见。但陕西在大家的印象中，大概只有满天满地的黄土和辣椒，以及那咧着嗓子吼的秦腔。我想这陈毓如果生长在陕北，她的文字大概就不是这个样子的。文字和声腔，都与气候地理有关系。因之我也猜想，秦岭之南的陕人，大概是不会唱那种秦腔的，即便唱，腔调也会有变化，那么美的水，那么清新的空气，嗓音如何能不柔美呢？

第三个印象是，这位陈小姐，笔下颇有巫意。而这巫意，是从屈原、是从楚文化那里来的。她的故乡那地场，在几千年前，是不是属于楚地，我不知道，但那里与陕北的文化不是一个源头，是确定无疑的。巫意实际上就是一种奇谲瑰丽的想象力。小女子有了巫意，就是小巫，那情调就超越了这几年都市里流行的小资、小布。小巫的特征表现在文章中就是噜噜苏苏，嘻嘻痴痴，迷迷糊糊，嘟嘟哝哝，戚戚凄凄，如同沈从文笔下那些中了蛊的女子。而小巫必定是多愁善感的，是半梦半醒的，是良善多情

的，小巫写小小说，正是行当本色。

读她的小说之后，还读到了三篇评论她的文章，一篇是候德云的《小小说的陈毓》，一篇是寇子的《人性的放逐与寻找》，一篇是方英文的《山南的文学女子》，都写得不错，都是我写不出来的文章，都符合我前面所说的有用之序的标准。建议陈毓将这三篇文也收到书中去。

（莫言，作家，本文系作者为陈毓小小说集《蓝瓷花瓶》所作的序）

表扬使人进步

陈　毓

任晓燕：从 1997 年发表小小说至今，你获得了很多小小说奖项，你怎么看待这么多荣誉？

陈　毓：获奖是一种关注吧。是表扬，是鼓励。自觉的写作是写作者的一种写作境界。同时我也觉得我的很多小小说作品是在编辑、师友们的不停催促和鼓励中写出来的。同样我也觉得很多写小小说的朋友在这种表扬与敦促中取得进步。偶尔朋友见面，谈论彼此的写作，总会说谁谁最近写得真好，谁谁的进步是飞跑着的，尽管被评论的谁谁并不一定能及时知道，但是我觉得这种关注很美好。获奖也是一种表扬，表扬使人进步。

任晓燕：如此说来，表扬使人进步。那批评呢？

陈　毓：那些及时的、中正的、能给作者以启示的批评当然是非常重要的。批评能够和作者的自觉自省统一的时候这种批评才是有效的，也是最有意义的。前段我和一位师长在电话里说话，说到最近的写作，他说，他正在看我的那些小小说，他说不喜欢我的这个或者那个作品，原因是觉得我躲得厉害。我问他我躲什么了？他说恨不能回到古代，这种远离当下生活的写作题材很有问题，你放弃了自己小小说最具优势的部分，有点舍己之长，这聪明么？他所批评的恰恰是我困惑着的，我用我能够接受的，我认同的部分意见校正我眼下的写作方向，以使我做得更好些吧。

任晓燕：自最早在《百花园》发表小小说作品至今，你写了大概不到 200 篇小小说，与那些高产的作家相比，你算是写的少的。这种写作状态是你有意为之么？

陈　毓：这种状态使我内心惭愧。我是经常欠稿的人。好在编辑们遇见的不都是像我这样的人，要不他们该有多窝火啊。我偶尔想那些专栏作家，总会心生好奇和羡慕，一个人的内心怎么会有那么多东西要表达呢？我想，假如是我，我会焦虑，会睡不好觉，那样我认为是把天大的事情要我来担当着的。除了懒惰和少才情，我想最根本的原因大概是我内心没有那么多想要表达的欲望。毕竟写作是一个人内心的事，心里没有写作愿望，写出来会不会勉强呢？会不会没有意思呢？我很不自信。最近听贾平凹先生谈到专栏写作，说他接到编辑的催稿感觉像法院的传票，但也正是给这压迫感催逼着，才使他的笔没有生锈，墨水瓶里不致飞出苍蝇。我想勤奋有才华有贡献如他，尚且如此感慨，那我的偷懒更没有理由了。

任晓燕：作为一个女性写作者，一些读者会把你归类为情感作家，甚至有评论说你是很会写爱情的女作家，你如何看待这种归类？

陈　毓：归不归类，怎么归类，是读者、批评家的事情。写什么，怎么写最得心应手是写作者的事。前段日子给出版社整理书稿，我有意留心了一下，发现我写非爱情的文字很多，但也许有人留意的，恰是那些写情感的文字。至于评论家，有些评论家在评价一个写作者的时候会不自觉地把被评述的一方归类，从中挑出那些能被他言说的部分，被评论者从中收获，得到启示，是幸福的事情。当评论和一个写作者的自觉自省相碰撞的时候，评论家的评论对他才是最有用的，最能引起警觉的。

任晓燕：那你觉得自己写爱情写得好么？

陈　毓：写得不好。一个年轻的女孩发短信问我嫁给什么样的男人往后不会后悔？她到底该不该结婚之类的问题。见我不回答，她很执著地问。我依然冷着心不理她，其实在我是没有好的答案给她，我的答案说出来也许会悲观低调，在她那样的年纪，这样的答案显然是不合适的。还有，每个人并不一定就是自己某种主张的实践者。某些看法今天是这样，再过几年，不一定还这样想。不是虚伪，是没到生命终结谁都不能把话说死。我跟朋友开玩笑说，如果我有写作理想，那就是要在有生之年写一个经典的爱情故事，美，诗意，恒久、只关乎人心，不会被时光篡改，让朋友那样的人读了会有被箭射中的痛感……我不知道我啥时候能写出来，我很惭愧。如果有人说我是写爱情的作家，那算是一个美好的误会。

　　任晓燕：你认为打动人的好小说有没有一定的标准？

　　陈　毓：活力充沛的、有个性的语言，可信的细节，有意味的小说力量，都是一个好小说该具备的。读某些人的小说，像是乘车去一个地方，本来心怀着目的地的，结果作者用优异的小说语言为你铺设了一条风景绮丽的道路，在这样的路上走着，似乎走着就够了，到不到终点似乎可以忘却，不计较了。我偶尔想，这是不是阅读的本意呢？有些作者在贴着人物写的过程中会灵感闪耀如有天助，笔下生花，生出无数感人的细节，这些让人心动，感动，难忘的细节那么真实可信但却是写作者随心编撰的，这是写作的某种境界。还有的小说以小说力量打动人心，在阅读的时候，仿佛有一股暗力挟裹着你走，使你感慨，此时不必追究细节不必在意语言，怎么写都好、都合适美好的阅读体验。

　　任晓燕：那写作在你生活里所占的分量是怎样的？

　　陈　毓：我有一熟人，工作之余她最大的爱好就是打麻将，她有一个固定打麻将的圈子，谓之麻友。他们定期打麻将，可以通宵不睡，在我看来这是件非常辛苦的事情，但在她，却可能是最好的释放与休息。我们去外地采访，归来的路上她就在组织摊子了，她说现在回去，躺在床上才会腰痛背胀，打一场麻将，哪里也不疼了。你看，她好像用身心的另一种运动对抗了身心积下的累。在我，写作可能也是一种对抗吧，对抗心里的诸多不和谐。写作可以让我在某些时候暂时忽略身处的世界，平复那些没来由的缺憾感，抑郁感，虚空感，使心里的积郁得以疏导，消极暂时隐退。至于伟大与不朽，我想我会偶尔驻足，望着"伟大"和"不朽"那美好的背影，像陶渊明望着他的"南山"那样，安静、悠然、不为人知地微笑吧。

创作年表

（主要作品）

1997 年

《蓝瓷花瓶》发表于《百花园》第 5 期。

《名角》《爱情海》发表于《百花园》第 9 期。

《名角》获第七届全国小小说佳作奖。

1998 年

《百花园》第 1 期推出《陈毓小小说小辑》，其中《奇迹》获《百花园》1998 年度读者推荐优秀作品奖。

1999 年

《做一场风花雪月的梦》发表于《短篇小说》第 9 期，获第八届全国小小说优秀作品奖。

2000 年

《小小说选刊》增刊《小小说五朵金花》收录《爱情鱼》《焰》等 15 篇作品。

《爱情鱼》获《沧州日报》和《小说月报》联合举办的全国小小说大奖赛二等奖

2002 年

获"小小说 36 星座"称号。

2003 年 获首届（1982—2002 年度）小小说金麻雀奖。

小小说集《蓝瓷花瓶》由北方妇女儿童出版社出版。

2006 年

《伊人寂寞》发表于《芒种》第 1 期，获第十一届全国小小说优秀作品奖。

小小说集《爱情鱼》由河南文艺出版社出版。

2007 年

《伊人寂寞》荣登"中国小说排行榜"。

2008 年

小小说集《谁听见蝴蝶的歌唱》由东方出版社出版。

《看星星的人》发表于《小说月刊》第 7 期，获首届蒲松龄微型小说奖。

2009 年

第 3 期《天津文学》《青春》《福建文学》《广西文学》《四川文学》《黄河文学》6 家杂志联合推出《海岸线》《地震》《在民间》《流年》等 15 篇作品。

第 10 期《延河》"陕西青年作家小说展台"推出《芳草天涯》《寻找天香的人》等一组小小说。

2010 年

随笔集《好大雪》由太白文艺出版社出版。